LES CLEFS DU PARADISE

DU MÊME AUTEUR

ROMANS, RÉCITS ET CONTES

CONTES POUR BUVEURS ATTARDÉS, Éditions du Jour, 1966; BQ, 1996.

LA CITÉ DANS L'ŒUF, Éditions du Jour, 1969; BQ, 1997.

C'T'À TON TOUR, LAURA CADIEUX, Éditions du Jour, 1973; BQ, 1997.

LE CŒUR DÉCOUVERT, Leméac, 1986; Babel, 1995.

LES VUES ANIMÉES, Leméac, 1990; Babel, 1999.

DOUZE COUPS DE THÉÂTRE, Leméac, 1992; Babel, 1997.

LE CŒUR ÉCLATÉ, Leméac, 1993; Babel, 1995.

UN ANGE CORNU AVEC DES AILES DE TÔLE, Leméac/Actes Sud, 1994; Babel, 1996.

LA NUIT DES PRINCES CHARMANTS, Leméac/Actes Sud, 1995; Babel, 2000; Babel J, 2006.

QUARANTE-QUATRE MINUTES, QUARANTE-QUATRE SECONDES, Leméac/Actes Sud, 1997.

HOTEL BRISTOL, NEW YORK, NY, Leméac/Actes Sud, 1999.

L'HOMME QUI ENTENDAIT SIFFLER UNE BOUILLOIRE, Leméac/Actes Sud, 2001.

BONBONS ASSORTIS, Leméac/Actes Sud, 2002; Babel, 2010.

LE CAHIER NOIR, Leméac/Actes Sud, 2003.

LE CAHIER ROUGE, Leméac/Actes Sud, 2004.

LE CAHIER BLEU, Leméac/Actes Sud, 2005.

LE GAY SAVOIR, Leméac/Actes Sud, coll. «Thesaurus», 2005.

LE TROU DANS LE MUR, Leméac/Actes Sud, 2006.

LA TRAVERSÉE DU CONTINENT, Leméac/Actes Sud, 2007.

LA TRAVERSÉE DE LA VILLE, Leméac/Actes Sud, 2008.

LA TRAVERSÉE DES SENTIMENTS, Leméac/Actes Sud, 2009.

LE PASSAGE OBLIGÉ, Leméac/Actes Sud, 2010.

LA GRANDE MÊLÉE, Leméac/Actes Sud, 2011.

AU HASARD LA CHANCE, Leméac/Actes Sud, 2012.

CHRONIQUES DU PLATEAU-MONT-ROYAL

LA GROSSE FEMME D'À CÔTÉ EST ENCEINTE, Leméac, 1978; Babel, 1995.

THÉRÈSE ET PIERRETTE À L'ÉCOLE DES SAINTS-ANGES, Leméac, 1980; Grasset, 1983; Babel, 1995.

LA DUCHESSE ET LE ROTURIER, Leméac, 1982; Grasset, 1984; BQ, 1992.

DES NOUVELLES D'ÉDOUARD, Leméac, 1984; Babel, 1997.

LE PREMIER QUARTIER DE LA LUNE, Leméac, 1989; Babel, 1999.

UN OBJET DE BEAUTÉ, Leméac/Actes Sud, 1997; Babel, 2011.

CHRONIQUES DU PLATEAU-MONT-ROYAL, Leméac/Actes Sud, coll. «Thesaurus», 2000.

MICHEL TREMBLAY

La Diaspora des Desrosiers

VII

Les clefs du Paradise

roman

LEMÉAC / ACTES SUD

Leméac Éditeur reconnaît l'aide financière du gouvernement du Canada par l'entremise du Fonds du livre du Canada pour ses activités d'édition et remercie le Conseil des arts du Canada, la Société de développement des entreprises culturelles du Québec (SODEC) et le Programme de crédit d'impôt pour l'édition de livres du Québec (Gestion SODEC) du soutien accordé à son programme de publication.

© LEMÉAC ÉDITEUR, 2013
ISBN 978-2-7609-1263-2

© ACTES SUD, 2013
pour la France, la Belgique et la Suisse
ISBN 978-2-330-02845-9

*À la mémoire de Claude Gai,
qui fut, au théâtre, une grande duchesse.*

La Religion, l'Amour, la Musique ne sont-ils pas
la triple expression d'un même fait,
le besoin en expansion dont est travaillée
toute âme humaine ?

Honoré de Balzac,
La duchesse de Langeais

Dans l'âme de chacun d'entre nous,
il y a un merle chanteur.
La vie consiste à s'en approcher.

Metin Arditi,
Prince d'orchestre

PROLOGUE

La carmélite dans la poubelle

Montréal, décembre 1930

Il ferme le livre. Le pose sur son ventre.

Il n'est pas convaincu de beaucoup aimer la fin. Il se serait attendu à quelque chose de plus positif, presque à un *happy end* comme dans les films américains. Après tout, douze marins qui consacrent vingt-deux jours à construire un escalier de corde et de métal au flanc d'une falaise battue par les eaux de la Méditerranée, un pic rocheux réputé imprenable, pour enlever une carmélite déchaussée qui s'est réfugiée dans un couvent afin d'y mourir d'amour dans les affres de la privation et de la pauvreté méritent bien une petite récompense! Il a parcouru le cœur battant les quinze dernières pages du roman en imaginant les retrouvailles de la duchesse de Langeais et de son général de Montriveau, leur vrai baiser, enfin, le premier, les mains du soldat qui dégrafent le voile de la religieuse, qui ouvrent sa robe en tremblant, qui s'y glissent pendant qu'elle tombe en pâmoison parce que c'est ce qu'elle attend et dont elle rêve depuis sept ans... Les plaisirs qui allaient suivre, dont Édouard ignorait tout et qu'il se promettait d'expérimenter le plus tôt possible malgré les lois et les diktats de sa religion... Mais non. Le général surgit dans la cellule de madame de Navarreins alors qu'elle vient de mourir, et

13

tout ce qu'il peut soustraire aux exigences inhumaines et à la torture mentale du couvent, c'est le cadavre de sa maîtresse, en fait de celle qui aurait pu devenir sa maîtresse envers et contre tout ce que la bonne société parisienne représentait d'hypocrisie et de méchanceté, si elle l'avait attendu quelques heures de plus.

L'histoire se termine au milieu de la Méditerranée, quelque part entre Barcelone et les Baléares, au moment où le général se demande s'il ne devrait pas se débarrasser du corps en le jetant par-dessus bord maintenant que son but est atteint et que la duchesse de Langeais vient de lui échapper à tout jamais. Légère déception. Édouard se dit cependant qu'une belle finale n'aurait pas été dans le droit fil de ce roman sombre, mélancolique et pessimiste. Tout de même... Il a l'impression que l'écrivain le laisse en plan, la patte en l'air.

Et l'ultime réplique, prononcée par l'ami du général de Montriveau, monsieur de Ronquerolles, l'a laissé perplexe :

« ... et il n'y a que le dernier amour d'une femme qui satisfasse le premier amour d'un homme. »

Beaucoup de choses lui sont passées par-dessus la tête au cours de la lecture de ce livre (il ne savait rien de la Terreur, de la Restauration, de l'aristocratie française, des mœurs du faubourg Saint-Germain au début du dix-neuvième siècle, il n'avait jamais lu un roman dans lequel il n'y avait que deux protagonistes qui parlaient sur des pages et des pages d'amour, d'abandon, de retenue, d'honneur et d'amants qui ne le sont que dans leur imagination, alors il se concentrait, il apprenait, il essayait de retenir les milliers d'informations qui lui étaient jetées à l'esprit, de *comprendre*), mais ça, vraiment, il ne voit pas du tout ce que ça peut vouloir dire... Que les hommes ne devraient aimer que les femmes qui ont vécu? Et la virginité tant vantée par la religion catholique, alors?

Ça ne sert à rien de trop se creuser les méninges, il est fatigué, ses deux sœurs, Albertine et Madeleine, vont revenir du cinéma bientôt, et si elles voient la lumière de sa chambre allumée, elles vont insister pour lui raconter le film alors qu'il a l'intention d'aller le voir d'ici vendredi, parce que le programme du cinéma Saint-Denis va changer ce jour-là. Il pose le livre sur sa table de chevet, éteint la lumière. Il reste couché sur le dos, les yeux grand ouverts. Il sort sa main droite de sous les couvertures, esquisse un geste qu'il suppose être celui d'une femme du monde du faubourg Saint-Germain, dans le Paris du début du dix-neuvième siècle, quelque chose d'aérien et de contrôlé tout à la fois. Il parle haut et fort en empruntant une voix de tête et un accent français (ratés dans les deux cas).

«Je suis Antoinette de Navarreins, duchesse de Langeais et carmélite déchaussée. Mais jamais je ne mourrai d'amour.»

Il sourit. S'endort.

* * *

Il a trouvé le roman parmi les épluchures de patates dans la poubelle de monsieur Béliveau, le vieux garçon du quatrième étage, qui montre toujours une trop belle façon et dont Victoire prétend qu'il faut se méfier parce qu'elle n'aime ni ses gestes onctueux ni ses yeux fureteurs.

Victoire lui avait donc demandé, une semaine plus tôt, de sortir les poubelles. Son père était encore trop soûl pour le faire et elle-même avait mal aux reins après avoir lavé à grande eau les escaliers intérieurs salis par la sloche des bottes des occupants du building suite à la première bordée de neige de l'année. Les locataires des vingt appartements étaient obligés de descendre leurs poubelles tous les lundis matin, mais ils n'étaient pas tenus de les sortir sur le trottoir. C'était une des tâches du concierge. De la concierge, en l'occurrence, puisque Télesphore, trop grand seigneur pour accepter son état de serviteur de tout le monde, laissait la presque totalité du travail à sa femme depuis des années. Édouard détestait quand sa mère lui demandait de l'aider et y rechignait en disant que ses deux sœurs auraient pu montrer un peu plus de bonne volonté, mettre la main à la pâte de temps en temps. Victoire répondait qu'Albertine et Madeleine étaient des filles et qu'on ne demande pas à des filles de sortir les poubelles de vingt appartements avant d'aller travailler. Un jour, Édouard avait osé faire remarquer à sa mère qu'elle était une femme et que ce n'était pas une tâche de femme non plus ; elle lui avait répondu que si elle n'abattait pas l'ouvrage d'un homme, ils se retrouveraient tous à la rue du jour au lendemain. Il avait baissé la tête et lui avait demandé pardon.

Ce matin-là, cependant, devant la mine grise de sa mère et son irrécusable épuisement, il n'avait rien osé dire. Il avait mis son manteau, sa tuque, ses gants, ses bottes et s'était dirigé vers le cabanon où étaient entreposées les poubelles.

Il avait neigé une partie de la nuit. La ruelle des Fortifications, dans la demi-obscurité du petit matin, ressemblait à une carte de Noël, toute en bleu et blanc, avec des scintillements de diamants qui cachaient la pauvreté quelques heures, jusqu'à ce que le soleil fasse fondre la neige et rende au bout de rue sa misère de cul-de-sac. Les noms des locataires étaient inscrits sur les poubelles. Il retrouva les inévitables bouteilles de bière de madame L'Heureux, la veuve du deuxième qui prétendait ne pas boire, les magazines de mode de la Française du rez-de-chaussée, qu'il cueillait parfois pour les feuilleter avant de s'endormir – il en avait des piles qu'il gardait sans trop savoir pourquoi –, des restes de repas qui sentaient déjà fort et, lorsque le couvercle de la poubelle de monsieur Béliveau était tombé dans la neige, un vieux livre écorné et jauni déposé sur un nid d'épluchures de patates.

Honoré de Balzac. *La duchesse de Langeais*.

Un livre défendu! Un roman à l'Index!

Les frères enseignants, du temps où il fréquentait encore l'école, étaient catégoriques au sujet des lectures défendues, ils devenaient même quasiment lyriques lorsqu'ils attaquaient le sujet des livres à l'Index. Le doigt pointé, la voix rageuse, le frère Paul, le plus malade d'entre eux, hurlait les noms maudits de tous les auteurs du dix-neuvième siècle, les Russes, les Anglais, les Allemands autant que les Français, à son avis les plus dévoyés et les plus condamnables. Il lançait les mots Balzac, Hugo, Zola, comme autant de boulets de canon, parlait de la corruption dont leurs œuvres étaient saturées, du reniement de la religion, le pire péché de tous et qu'ils avaient tous proclamé, des femmes perdues dont ils parlaient sans cesse et des unions illicites dont ils faisaient l'éloge sans égards pour la sainte union du mariage. En fait, il donnait le goût aux trente élèves devant lui de se précipiter sur ces lectures interdites pour aller vérifier si tous les reproches qu'il proférait étaient fondés. Il fut même sans le savoir à la source de quelques grandes passions de lecture chez de jeunes hommes qui, sinon, n'auraient jamais ouvert un livre de leur vie.

Édouard a tiré le roman de la poubelle, l'a essuyé sur son parka dans l'espoir qu'il ne sentirait pas les épluchures de patates trop longtemps. Une édition cartonnée. Les éditions Nelson. Il est allé voir à la fin (son grand frère Gabriel est imprimeur et lui a dit que tous les livres portent une date et un lieu d'impression à la dernière page). *Printed in France.* Et pourquoi en anglais ? Mystère. Il l'a caché au fond de sa poche et a fini son travail en bougonnant parce que les poubelles, cette semaine-là, paraissaient plus pleines, plus pesantes et plus odorantes que d'habitude.

Le soir même il se mettait à la lecture du livre prohibé, s'attendant à commettre des péchés dont il ne soupçonnait même pas l'existence et s'en pourléchant les babines à l'avance. Il espérait que *La duchesse de Langeais* tiendrait ses promesses sulfureuses et qu'il pourrait bientôt se vanter d'être le seul de la maison, à part son père qui fréquentait les poètes romantiques et symbolistes, à avoir lu un livre à l'Index et d'y avoir trouvé des choses étonnantes, troublantes, inavouables. Sans le dire à sa mère, bien sûr, de peur de recevoir la volée d'injures de sa vie…

Il a failli abandonner dix fois au cours des vingt-cinq premières pages. Les considérations sociales, politiques et religieuses de l'auteur ne l'intéressaient pas – il ne connaissait strictement rien à l'histoire de France, surtout mêlée à celle d'Espagne et d'Italie – et il s'égarait dans le labyrinthe des phrases sans fin, essayant souvent en vain de retrouver le sujet pour ne pas perdre pied et sortant épuisé et étourdi du méandre des mots qu'il ne reconnaissait d'ailleurs pas tous et dont l'agencement lui restait impénétrable. Pourquoi faire si compliqué ? Les livres qu'il avait lus jusque-là – pour la plupart des romances insipides – étaient écrits dans un style simple, parfois trop, étaient faciles à comprendre et ne lançaient jamais le lecteur à la recherche du sujet ou du complément direct pour la seule coquetterie de faire de la littérature. C'était une histoire qu'il voulait, pas un puzzle piégé et trop entortillé.

Puis au beau milieu d'un paragraphe qui semblait ne jamais vouloir finir, où l'auteur se perdait encore en considérations inutiles, est soudain apparu le premier protagoniste, un général d'armée qu'on avait envoyé, allez savoir pourquoi, il était Français, dans une île des Baléares pour affréter (Édouard est allé vérifier le sens du mot dans le dictionnaire de son père) une importante flotte en partance pour les Amériques.

Ce général est à la recherche d'une femme qu'il a aimée – c'est déjà plus intéressant – et qui serait venue se réfugier ici, dans cette île, au couvent tenu par des carmélites déchaussées – ça devient même passionnant – pour finir ses jours dans la pénitence et les règles sévères de cet ordre religieux exigeant afin d'expier ses péchés – lesquels, lesquels ?

Et le déclenchement définitif, le moment où Édouard comprend qu'il se rendra coûte que coûte au bout de l'histoire, se produit lorsque, pendant une cérémonie religieuse, une des carmélites déchaussées s'installe à l'orgue et que le général de Montriveau reconnaît celle qu'il a aimée à sa façon de jouer !

Les deux bras lui en sont tombés. Il est resté couché dans son lit, immobile, soufflé à l'idée qu'on puisse reconnaître quelqu'un juste à sa façon de toucher l'orgue. Existe-t-il tant de manières d'interpréter un morceau de musique ? La musique, ce n'est pas toujours pareil ? On suit la partition et on joue ce qui est écrit, non ? Et dans son salon, à Paris, la duchesse de Langeais avait un piano, pas un orgue ! Est-ce qu'on peut jouer de la même façon une composition musicale au piano et à l'orgue?

Il faut dire, pour la vraisemblance, que le morceau exécuté par la religieuse était *Le chant du Tage*, leur pièce favorite lorsqu'ils se fréquentaient, et que la duchesse de Langeais l'avait toujours interprété d'une façon toute personnelle… Tout de même, quel hasard! De plus, on apprend bientôt que la religieuse avait deviné qui était le visiteur, qu'elle espérait son retour depuis des années et qu'elle lui faisait ainsi comprendre qu'elle l'avait reconnu et qu'elle l'aimait toujours. Ça commençait à sentir un peu plus le soufre (une bonne sœur en amour avec un général d'armée!). Édouard était impatient de connaître la suite…

Soudain, retour au passé. L'auteur évoque la rencontre entre la duchesse et son général.

Édouard a bu alors les dizaines et les dizaines de pages où les deux personnages parlaient d'amour sans jamais le faire. Il a admiré en même temps que détesté la duplicité de la duchesse qui se servait de tous ses atouts (et de tous ses atours) pour emberlificoter le général, le rouler autour de son petit doigt, lui faire souffrir le martyre en refusant sans cesse de lui céder, le rabrouant quand il devenait trop entreprenant, se cachant toujours au dernier moment derrière le paravent de la femme mariée vertueuse alors qu'elle faisait tout pour le rendre fou de désir. Lorsqu'enfin le général comprenait qui elle était, quel jeu cruel elle jouait avec lui, et l'abandonnait après l'avoir humiliée, elle se rendait bien sûr compte qu'elle l'aimait pour vrai (celle-là, Édouard l'avait tout de même vue venir) et, après être allée l'attendre devant la porte de sa maison pendant des heures en pleurant, au vu et au su de toute la bonne société de Paris, tuant ainsi à jamais sa réputation, la duchesse de Langeais rentrait chez les carmélites déchaussées pour expier sa faute.

Tout au long de sa lecture, Édouard s'est laissé griser tant par les descriptions des lieux où se passait l'action – le faubourg Saint-Germain, les bals, les salons, l'opulence retrouvée de l'aristocratie française qui avait tout perdu pendant la Révolution et qui se glissait à nouveau avec délectation dans les privilèges et l'abondance – que par les conversations sans fin entre deux esprits brillants qui essayaient tour à tour de convaincre l'autre et de le dominer avec des arguments compliqués et pas toujours clairs, du moins pour lui. Tout y passait : la vie, la mort, la société, l'amour, Dieu. Édouard adorait – même s'il ne comprenait pas tout – cette valse-hésitation où personne, jamais, ne sortait vraiment vainqueur. Le style était toujours aussi alambiqué, le vocabulaire parfois impénétrable, mais tout ça était d'une telle beauté et d'une telle élégance qu'Édouard, au fil des jours, se mit à s'identifier à la duchesse de Langeais, à ses sautes d'humeur, à ses éclats, au brillant de son esprit autant qu'à celui de ses vêtements. Chaque soir avant de s'endormir il terrassait le général de Montriveau avec des arguments assassins tout en le laissant embrasser le bas de sa robe et le bout de ses doigts. À l'occasion, le général réussissait même à détacher sa robe et à la lui enlever…

Il ne se posait plus de questions depuis un bon moment : il acceptait maintenant le fait qu'au cinéma il s'identifierait toujours à l'héroïne – Theda Bara, Mary Pickford, Gloria Swanson – et que dans les romans, c'est à lui que le prince danois ou le pirate anglais ou le richissime homme d'affaires américain finirait par offrir son cœur, son corps et sa fortune. Il n'en avait même plus honte. Il gardait bien sûr tout ça secret, il ne fallait pas que ça se sache, sans toutefois penser plus loin : il avait décidé que s'il était différent des autres hommes, il fallait qu'il l'accepte comme un privilège et qu'il le vive sans culpabilité.

À condition, bien sûr, d'en trouver d'autres comme lui.

À moins qu'il ne soit le seul.

Ce qui le condamnerait à la solitude et peut-être, à la longue, qui sait, à la folie.

Mais il avait dix-sept ans, et s'il avait hâte d'aller explorer le monde – c'est-à-dire le boulevard Saint-Laurent où, semblait-il, se tenaient tous ceux que la société rejetait – à la recherche de parias comme lui, il se contentait pour le moment de rêver.

* * *

Cette nuit-là, après avoir longtemps réfléchi à la fin du roman, il rêve au général de Montriveau et non pas à la duchesse de Langeais. C'est-à-dire que pour la première fois il n'est pas incarné en duchesse de Langeais, que ce n'est pas à elle que s'adressent les compliments fleuris et les caresses précises du soldat qui trouve en lui, cent ans plus tard et sur un autre continent, un partenaire moins rétif et plus consentant que la femme du monde.

Il est dans son lit, en pyjama, il dort d'un profond sommeil lorsque la porte de sa chambre s'ouvre… Que le rêve dure quelques secondes ou toute la nuit, peu lui importe, lorsqu'Édouard se réveille, au petit matin, il est aux anges et en remercie monsieur Honoré de Balzac.

PREMIÈRE PARTIE

La carmélite vend des souliers

«Tu diras à sa mère de me l'envoyer. »

Teena se verse une dernière tasse de thé, souffle sur le liquide brûlant, fait la grimace parce qu'il a trop infusé.

Maria est en train de mettre son manteau. La soirée a été bonne. Elle a gagné un dollar aux cartes – c'est rare, elle n'est pas très bonne joueuse –, elle va pouvoir rentrer chez elle en taxi. Elle a même offert à Tititte de la reconduire.

«Tu sais qu'y a jamais travaillé, ce garçon-là, hein? Ça va être la première job de sa vie… »

Tititte surgit dans la cuisine sur les entrefaites. Gantée, chapeautée, le foulard bien noué et le maquillage retouché, elle fait presque illusion : elle paraît au plus cinquante ans alors qu'elle approche la soixantaine. Elle vise quarante, mais, comme le disent souvent ses sœurs, des rides, ça se cache, ça ne s'efface pas. Elle se console en pensant qu'elle a tout de même l'air d'être la plus jeune des sœurs Desrosiers. Et depuis peu elle a une raison de plus de déguiser son apparence.

«Avez-vous appelé le taxi? »

Teena est en train de vider sa tasse dans l'évier.

«T'es ben pressée de t'en aller, toi! Tu veux aller cacher ta honte dans le fond de ton garde-robe? »

Teena et Maria ricanent. Tititte hausse les épaules.

«C'est pas parce que j'ai eu de la bad luck un soir que je devrais avoir honte! J'ai pas honte pantoute! J'ai ben joué mais j'ai pas eu de chance… »

Maria lui pince une joue comme elle le faisait autrefois avec ses enfants lorsqu'ils avaient fait un mauvais coup.

«Avoue-lé donc que t'as joué comme un pied! On aurait dit que t'étais pas là… Qu'est-ce qui te rend distraite comme ça, Tititte? As-tu un nouveau cavalier? »

Tititte hausse les épaules.

«Ça vaut même pas la peine que je te réponde… »

Elle leur tourne le dos et se dirige vers le téléphone accroché au mur de la cuisine.

«Si vous l'appelez pas, j'vas l'appeler, moi. »

Maria se place entre le téléphone et elle.

«Attends un peu, on a pas fini.

— Si c'est trop long, j'vas m'appeler un autre taxi…

— Ça sera pas long, donne-nous cinq minutes. »

Teena et Maria se tirent des chaises, s'assoient.

«Si vous vous assoyez, on a pas fini! »

Maria se relève, pose les poings sur ses hanches.

«Appelle-le donc, ton maudit taxi, pis laisse-nous donc parler! Va-t'en donc, fatiquante!

— Mooon Dieu, prends pas ce ton-là! C'est correct, j'vas t'attendre! »

Elle détache son manteau, l'enlève, mais garde ses gants et son chapeau. Et reste debout dans le cadre de porte.

Teena fait de grands yeux ronds en direction de Maria et cache son fou rire derrière sa main. Maria est revenue s'asseoir à côté d'elle.

«En plus, j'trouve qu'y a pas l'air vaillant vaillant, ton Édouard.

— C'est pas une job ben ben forçante…

— Je le sais, mais y est gros pis…

— Maria! Y a quoi, dix-sept, dix-huit ans? Jamais je croirai qu'y est pas capable de se mettre à genoux devant du monde pour leur faire essayer des souliers! J'ai besoin d'un vendeur le plus vite possible, Maria, parce que Noël s'en vient pis que monsieur Villeneuve s'en va. Y est pas resté longtemps, y aimait pas ça. N'importe qui est capable de faire c'te job-là, voyons donc, ça demande pas un diplôme universitaire! Pis c'est toi qui m'as parlé de lui, pourquoi tu recules tout d'un coup?

— J't'ai parlé de lui comme ça, parce que sa mère m'a dit qu'y cherchait de l'ouvrage. Enfin, qu'a' cherchait de l'ouvrage pour lui parce qu'est tannée de le voir étendu dans le sofa du salon à rien faire.

— Ouan. J'espère que c'est pas un sans-cœur comme son père…

— C'est ben ça que je me dis. Laisse faire, oublie ça. C'était peut-être pas une bonne idée…

— Non, non, non. J'ai rencontré cinq candidats pis j'te dis que c'était pas brillant. Lui, au moins, je sais qu'y est pas épais, qu'y a de la conversation. Des fois on passe des heures sans voir de clients, au magasin, au moins avec lui j'vas pouvoir jaser.

— J'appelle pus ça jaser, y est pas arrêtable quand y commence! Moi, c'est ben simple, y m'étourdit!

— C'est ça, t'aurais pus besoin d'écouter les nouvelles à CKAC, c'est toute… »

Tititte rit méchamment. Ses sœurs tournent la tête dans sa direction. Elles sentent venir une vacherie.

« En tout cas, si vous voulez mon avis, ça fera pas des enfants forts c'te p'tit gars-là… »

Les deux autres se regardent. Sourient.

« Pensez-vous ce que je pense? »

Teena triture le bord de la nappe.

«Toi aussi tu te demandes si y va rester... *vieux garçon*? J'me le demande depuis que je l'ai vu la première fois, au mariage de Nana. Y était ben jeune, mais y faisait déjà pas mal fefille...»

Elles savent toutes les trois ce que signifie l'expression *vieux garçon*, mais elles n'osent pas s'aventurer plus loin parce que l'homosexualité reste pour elles un mystère entier et insondable. Toutes les trois, elles en ont rencontré dans leurs métiers respectifs, Maria au Paradise situé au cœur de la Main et qui est depuis peu devenu leur refuge, Tititte chez Ogilvy, où les vendeurs sont la plupart du temps ce qu'elle appelle «des petits monsieurs fragiles», et Teena dont quelques-uns des clients sentent trop bon, ont le pied léger et parfumé – qui se parfume les pieds, pour l'amour du bon Dieu? – et le poignet cassé.

Tititte s'évente avec la main.

«J'sais pas si y va fêter la Sainte-Catherine le 25 novembre...»

Maria se lève d'un bond et s'empare du récepteur du téléphone.

«Bon, ben, ça va faire. C'est quand même du beau-frère de ma fille qu'on parle... Qu'y soye *vieux garçon* ou fefille, y a besoin d'une job!»

Le taxi appelé, elle finit de boutonner son manteau.

«Feluette, pas feluette, faut ben qu'y se trouve du travail...»

Teena raccompagne ses sœurs à la porte. Elles restent toutes les trois dans l'entrée, guettant l'arrivée de la voiture. Teena a poussé le rideau de dentelle et sa respiration dessine des ronds de buée sur la vitre.

«Encore la maudite neige.»

Tititte lui donne une tape sur l'épaule.

«Commence pas à sacrer tu-suite, on en a encore pour quatre mois!

— Mon Dieu… Quatre mois!

— Y me semble que t'aimais ça, la neige…

— Quand on était jeunes, oui. Pis encore un peu à Noël… Mais là… Écoute, l'année passée les bancs de neige montaient jusqu'au deuxième étage! Fallait faire un détour jusqu'à Dorchester pour traverser la rue. Quand on pense que ben vite on verra pas de l'autre côté de la rue à cause des bancs de neige…

— Tant qu'à ça… Si on était en février faudrait sortir pour aller vérifier si le taxi est arrivé parce qu'on pourrait pas voir la voiture descendre la rue…

— Enjamber les bancs de neige, tomber, se relever toute mouillée, glisser sur le trottoir… Chus pus capable. Des fois j'aurais envie de m'enfermer ici pis d'attendre le printemps.

— Comme une moman ourse, Teena? En tout cas, ça te permettrait de perdre quequ' livres, y paraît que les ours maigrissent pendant qu'y hibernent!»

Tititte ouvre la porte et se sauve avant que sa sœur ne l'attrape.

«Le taxi est arrivé.

— C'est même pas vrai.

— J'vas y crier de raculer jusqu'à Dorchester…»

* * *

En faisant le tour de l'appartement pour éteindre les lumières, Teena se rend compte qu'elle a oublié de faire entendre quelque chose à ses sœurs. Elle l'avait pourtant mis bien en évidence sur le pouf devant son fauteuil favori. Mais elles n'étaient pas passées au salon, trop pressées de commencer la partie. Elle se penche, le ramasse, le tourne dans ses mains avant de le sortir de son enveloppe de papier brun. Le nouveau disque de madame Bolduc. Elle l'installe sur le plateau du gramophone. Elle avait remonté le ressort de l'appareil avant l'arrivée de Maria et de Tititte pour être prête à leur faire écouter la nouvelle chanson de cette remarquable femme qui est devenue en quelques années l'idole des Québécois, avec ses couplets si drôles et si pleins de vie. Dans le feu de l'action – les effusions, les rires, le plaisir de se retrouver, puis la partie de cartes, toujours captivante –, elle l'a oublié. Elle pose l'aiguille sur le disque.

L'émotion lui monte à la gorge dès les premières mesures.

La musique à bouche, le piano, le rythme bien carré, comme sûr de lui-même, presque fanfaron et, enfin, la voix nasillarde de madame Bolduc...

« *Mademoiselle, voulez-vous danser*
La bastringue pis la bastringue... »

Ce n'est pas tant les paroles de la chanson qui l'émeuvent – elles sont somme toute banales –, que tout ce que cette musique brasse en elle. Ça vient de loin, de son enfance, de celle de ses parents, ça surgit du fin fond de la campagne, du fin fond de la Saskatchewan, ça soulève les jupes, ça met de la légèreté dans le soulier, ça donne envie de se lever, de danser, d'aimer tout le monde, de rire et de pleurer en même temps. C'est de la musique qui impose la nostalgie à ceux qui ne sont pas nostalgiques. On ne sait pas de quoi on s'ennuie, mais on s'ennuie de quelque chose en écoutant ce brassage rythmé d'instruments et de voix, joyeux dans le ton mais triste par les émotions qu'il remue.

Tout à coup, ça sent le tabac à pipe, la sueur et la tarte aux pommes dans le salon de Teena. Et l'envie lui prend de taper du pied.

Elle soulève un pied, puis l'autre, et se met à suivre le rythme de la chanson en frappant du talon sur le plancher de bois. Elle ne sait pas ce qui lui manque ; pourtant il lui manque quelque chose. Oui, elle le sait. Son père, sa mère, son enfance à Sainte-Maria-de-Saskatchewan, Noël dans la vastitude des plaines. Tout effacer. Retourner là où tout a commencé. Emprunter une autre voie, n'importe laquelle, en tout cas une voie qui ne mène pas ici, à Montréal, le paradis trompeur de ceux qui l'ont abandonnée jadis, qui rêvent d'y revenir et où on est censé être heureux.

La chanson terminée, elle remonte avec la poignée le mécanisme de l'appareil, repose l'aiguille au début du disque.

Le Cold Cream de Pond's procure une bienfaisante sensation de fraîcheur à sa peau, comme c'est écrit sur le petit pot de verre. Elle se frotte le visage avec des Kleenex. La fatigue et la peur ont dessiné des cernes sous ses yeux. Jusque-là elle a réussi à les dissimuler sous le maquillage, mais viendra sans doute un matin où ce sera devenu impossible. Le triple miroir de sa coiffeuse lui renvoie, deux fois de trois quarts, une fois de face, le reflet de l'inquiétude dans ses yeux, de sa peau autrefois si lisse et maintenant barrée de ridules, surtout au coin des yeux, de sa bouche qu'elle tient désormais bien fermée pour ne pas hurler. Son sourire, qui a été beau, est devenu un rictus, son visage s'est fermé. Elle a moins de patience avec les clientes d'Ogilvy et n'arrive plus, malgré tous ses efforts, à faire l'éloge des gants de cuir souple qu'elle vend aux femmes nanties de Montréal depuis tant d'années. Elle a perdu ce qu'elle appelait son *sparkle* et qui faisait d'elle une si bonne vendeuse. Son chiffre d'affaires s'est effondré depuis quelques semaines, son patron s'en est rendu compte.

Elle hausse les épaules.

Qu'est-ce qu'une paire de gants de *kid* à côté de ce qui la guette peut-être ?

Le docteur lui a dit d'attendre le résultat des examens avant de s'inquiéter. Mais comment ne pas mourir d'inquiétude quand une masse là, sous le bras, qu'elle tâte cent fois par jour, lui rappelle sans cesse que son corps la laisse tomber après toutes ces années passées à en prendre soin ? Les régimes, les huiles, les bains de sels de mer, et même, quand elle en avait les moyens, une ou deux fois par année, les massages pour chasser les mauvaises graisses et les fatigues accumulées, tout ça n'a servi à rien et elle va peut-être apprendre d'un jour à l'autre qu'une chose horrible et qu'elle n'ose pas nommer s'est emparée de son corps et va finir par la tuer ?

Elle passe la main sous son sein droit.

C'est dur. Un peu plus chaque jour, on dirait. Le docteur lui a conseillé de ne pas trop y penser, de ne pas se laisser aller à la panique, de prier le bon Dieu, d'espérer que ce ne soit rien plutôt que de désespérer à l'idée du pire. Ce n'est peut-être qu'une tumeur bénigne, après tout. Elle avait eu envie de se lever et de lui crier en avez-vous une bosse, vous, en dessous du bras ? Non ? Ben vous savez pas de quoi vous parlez ! Essayez pas de m'endormir avec des belles paroles pis laissez-moi me lamenter si j'ai envie de me lamenter ! Elle s'était retenue. Le pauvre homme. Il faisait ce qu'il pouvait pour l'encourager. À combien de femmes, chaque semaine, devait-il annoncer la mauvaise nouvelle ? Et combien parmi elles avaient envie de lui grimper dans le visage comme elle ? Ce n'est pas à lui qu'il fallait s'en prendre, c'est au destin, au maudit destin qui ne nous mène jamais où on veut aller. Ou directement au bon Dieu qui nous récompense au bout d'une vie pas toujours facile avec des maladies plus laides et plus graves les unes que les autres.

Elle se lève, sort de sa chambre, fait le tour de la maison pour vérifier que toutes les lumières sont éteintes et que les portes sont bien barrées.

À quoi bon. À quoi bon sauver de l'électricité, verrouiller les portes pour se protéger des voleurs si tout ça, la vie, la vie, la vie, achève ? Au diable les dépenses en électricité et bienvenue aux voleurs ! S'il ne faisait pas si froid elle dormirait la porte ouverte. Elle se mettrait en état de danger pour être sûre qu'une catastrophe se produise. Tout de suite. Et vite. Pas une agonie sans fin dans un hôpital déprimant où les malchanceuses comme elle sont entassées six par chambrée en attendant une fin qui se fait désirer. Un bon coup de poignard dans le cœur, ça va plus vite !

Elle s'écrase sur le sofa du salon et se met à pleurer en se cachant le visage.

Et Noël qui s'en vient.

Maria a trouvé ses deux filles à la cuisine. Alice préparait le café pendant que Béa découpait deux énormes portions de tarte aux pommes. Elles ont insisté pour raconter le film à leur mère. Elle a refusé le café et la tarte et écouté en faisant semblant de s'y intéresser l'histoire de pirates, de trésor caché sur une île déserte et de cyclone dévastateur qu'elles racontaient avec force gestes et des tas de détails. Béa était presque lyrique en parlant de Douglas Fairbanks, sa moustache, sa façon de manier l'épée, ses bonds prodigieux dans les voiles du bateau, son sourire, sa démarche souple, son attitude frondeuse. *The Black Pirate*, quelle merveille!

Après plus de cinq ans comme vendeuse à la Pâtisserie Ontario, Béa est devenue une grosse fille languide et lente qui ne s'anime que lorsqu'elle parle de cinéma. Elle en rêve, elle en mange, elle en a fait le centre de sa vie et n'existe que pour les soirs où sa sœur et elle se rendent au cinéma Saint-Denis pour voir deux films français (muets) ou à une des quelques salles de l'ouest de Montréal (elles sont encore rares) où sont présentés en primeur les films américains parlants. Les films parlants ne l'intéressent pas beaucoup. Elle les trouve difficiles à suivre à cause des dialogues trop nombreux et livrés à une vitesse folle. Son anglais est loin d'être irréprochable et ça la frustre. Le film de ce soir-là était heureusement muet, mais on annonçait pour le début de l'année suivante, au dire de Béa, un drôle de film allemand parlant doublé en anglais intitulé *The Blue Angel*, défendu aux moins de vingt et un ans et qui avait l'air pas mal ennuyant.

« Y a pas l'air d'avoir d'action. Moi, j'aime ça quand y se passe de quoi! Des batailles, des courses… Ou ben des beaux bals avec des belles robes. Mais une chanteuse de cabaret avec un tuyau de castor sur la tête… »

Maria s'inquiète pour elle. Elle parle peu des garçons, qui semblent piquer sa curiosité tout en la terrorisant. Elle baisse les yeux devant les nombreux cavaliers de sa sœur, ne les regarde que de dos, et à la dérobée, lorsqu'ils quittent la maison. Maria devrait peut-être lui en parler… Mais elle est bien jeune, elle a encore le temps.

Maria voit avec horreur venir le moment où il faudra les marier, toutes les deux. Elle n'a pas le goût de revivre l'expérience du mariage de Nana, une magnifique fête, c'est vrai, mais qui lui a causé tant de problèmes.

Alice, pour sa part, s'est trouvé depuis peu une place de serveuse dans un restaurant de la rue Sainte-Catherine, près de Saint-Denis, le Geracimo. C'est le premier travail qu'elle apprécie depuis qu'elle est sortie de l'école (ses deux horribles années comme *shakeuse* de tabac sont maintenant bien loin), elle prend davantage soin d'elle, est plus aimable et, curieusement, rit moins de l'embonpoint de sa sœur. Son rapport direct avec le public lui fait du bien. Quant aux garçons, il en passe plusieurs par mois à la maison, des présentables qui fréquentent encore l'école ou même le collège – des éternels étudiants qui ne semblent pas pressés de se retrouver sur le marché du travail –, et des inquiétants à la mine suspecte qui font un peu peur à Maria, les uns et les autres, du moins le suppose-t-elle, rencontrés au restaurant. Des ombres de passage, autant dans sa vie qu'au restaurant. Des tocades qui ne durent jamais longtemps et qui ne semblent laisser aucune trace dans la mémoire de sa fille. Elle parle d'abondance de son cavalier du moment, le plus beau et le plus fin qu'elle ait jamais rencontré, puis, quand c'est fini, motus et complète amnésie. Il est remplacé par le suivant, sans commentaire et sans regret.

Deux filles aux antipodes l'une de l'autre et qui lui causent des soucis bien différents.

Le récit mimé du film terminé, le *Black Pirate* vainqueur et la *damsel in distress* délivrée, la vaisselle faite, les salutations du soir accomplies (les embrassades sont rares dans la maison), Maria se retrouve seule dans la cuisine. Il est trop tard pour appeler la belle-mère de Nana. Elle ne sait même plus si elle a son numéro.

Ici aussi le téléphone est accroché au mur de la cuisine. Elle s'en approche, se met à scruter la toile d'araignée de noms et de numéros inscrits sur le papier peint, autour de l'appareil. Il lui semble bien l'avoir griffonné quelque part… Toute la parenté y est, plus les fournisseurs et les urgences. Toujours au crayon de plomb. Pour pouvoir les effacer si besoin est. Mais on ne les efface jamais. Alors ils s'accumulent. Et la toile est de plus en plus grande. Les plus vieux, ses sœurs, son frère, l'épicerie, la police, les pompiers, sont tout près de l'appareil, ils ont été tracés en premier ; les autres s'étalent en cercles concentriques. À la périphérie, les cavaliers d'Alice dont le numéro n'a servi qu'une fois ou deux et qui sont tout de même restés notés, à tout jamais inutiles.

En cherchant le nom de Victoire, Maria voit passer toutes les personnes importantes de sa vie. Ça paraît beaucoup quand on regarde la toile d'araignée de loin, tant de noms, tant de noms, mais quand on les lit un à un on réalise qu'on ne connaît pas beaucoup de gens, en fin de compte. C'est vrai que tout le monde n'a pas encore le téléphone…

Ah, la voilà. Au lieu de l'inscrire sous son nom, Victoire, elle avait écrit *belle-mère – Nana.*

Demain matin, elle va l'appeler, lui dire que sa sœur va attendre Édouard au magasin de chaussures. Il n'a qu'à demander mademoiselle Desrosiers. De toute façon, il la connaît.

Pourvu que ça marche.

«T'aurais pu te mettre une cravate moins voyante!

— J'm'en vas me chercher une job, moman, j'm'en vas pas à un enterrement…

— Pis ton nœud est ben gros!

— Ben oui! Un nœud de cravate, c'est faite pour être vu!»

Édouard est penché sur le petit miroir accroché au-dessus de l'évier. Il resserre un peu son nœud de cravate, se passe l'index sur les sourcils après l'avoir mouillé. Puis il se lave les mains avec la grosse barre de savon brun.

«C't'à mon tour de vous faire un reproche… Quand est-ce que vous allez acheter un savon qui a du bon sens? Celui-là nous arrache la peau!»

Victoire, qui ramassait les miettes de pain laissées par les quatre personnes, elle et ses trois enfants, qui viennent de finir leur petit-déjeuner, se redresse et contemple son fils de dos, ce gros adolescent mou qu'elle aime plus que tout au monde, mais qu'elle ne peut pas s'empêcher de houspiller sans cesse, peut-être justement pour cacher sa préférence. Et aussi parce que leurs engueulades sont fortifiantes. Celles avec ses deux filles, Albertine et Madeleine, tournent toujours autour du même sujet depuis quelque temps

– Albertine accuse sa sœur de lui avoir volé son cavalier, ce qui est faux –, alors que celles avec Édouard, moins sérieuses et plus colorées, comprennent une variété de sujets presque inépuisable et sont souvent d'une absurdité amusante. On ajoute un argument sans queue ni tête à celui qui vient d'être avancé, on s'anime, on perd un peu le contrôle, on dit n'importe quoi pour essayer de prouver qu'on a raison même si on sait qu'on a tort. C'est divertissant, ça ne porte pas à conséquence et c'est vite oublié. Tandis que les chicanes autour du maudit Alex vont finir par la rendre folle… Se battre pour un insignifiant pareil!

«J'vas acheter du savon de meilleure qualité quand tu vas me payer une pension, Édouard! Peut-être à partir de la semaine prochaine, on sait jamais!»

Édouard se sèche les mains, les porte à son nez, fait la grimace.

«Franchement, on n'est pas si pauvres que ça…»

Victoire jette les miettes dans la poubelle et vient se placer à côté de son fils pour se laver les mains à son tour. Elle le pousse de la hanche.

«Oui, Édouard, on est si pauvres que ça.»

Elle s'attend à une réponse acerbe; rien ne vient. Il n'a pas le temps, ce matin, il a un long trajet à faire en tramway pour se rendre du Vieux-Montréal au Plateau-Mont-Royal. Le magasin de chaussures Giroux et Deslauriers est situé à l'autre bout du monde, à l'angle des rues Mont-Royal et Fabre. Édouard a deux tramways à prendre. Presque une heure de voyagement. Aura-t-il le courage de se lever chaque matin, de se taper ses deux tramways, hiver comme été, pour aller vendre des chaussures à des gens – ce sont les propres mots de Teena Desrosiers – qui ne sentent pas toujours bon des pieds? Il le faudrait pourtant. Cette troisième pension, ajoutée à celles d'Albertine et de Madeleine, améliorerait bien leur quotidien.

Elle brosse le dos de la veste de son fils. Des plis ont déjà commencé à se former dans le tissu.

«J't'avais dit de repasser ton jacket. T'es tout froissé dans le dos.

— Je l'ai repassé. Mais y est tellement cheap pis tellement usé qu'y se froisse juste à le regarder.»

Il se dirige vers la porte de la cuisine de son pas léger et chaloupant, cette démarche si particulière dont tout le monde s'est toujours moqué, surtout ses camarades de classe qui l'appelaient Édouard Petitpas.

«Tu m'embrasses pas?

— J'ai pus cinq ans.

— T'avais pas cinq ans hier non plus pis tu m'as embrassée au moins trois fois dans la journée.»

Il se tourne vers elle, les mains dans les poches, comme un vrai homme pour une fois. Il va même jusqu'à brasser la monnaie au fond de sa poche.

Elle sourit.

«Faut que je fasse un homme de moi. Vous me le dites assez souvent…

— Pis faire un homme de soi c'est arrêter d'embrasser sa mère?

— Du jour au lendemain! Pis faire brasser le petit change dans le fond de sa poche!»

Quel beau sujet de discussion! Si seulement ils avaient le temps…

«Je reviendrai peut-être pas tu-suite après ma rencontre avec mademoiselle Desrosiers, moman. Le magasin de chaussures est juste à côté de chez Messier, pis ça fait tellement longtemps que j'entends parler de ce magasin-là…

— R'viens pour midi, par exemple…

— J'peux pas vous le jurer.

— J'ai un restant de pâté chinois…»

Il se retourne, s'éloigne dans le corridor en faisant claquer ses souliers sur le linoléum.

«Si vous me prenez par les sentiments…

— Tu vas être là?

— Moman, lâchez-moi un peu, j'ai dix-huit ans!

— Dix-sept!»

La porte d'entrée. Bang! Chaque fois que quelqu'un sort de cette maison-là, le building tremble.

Elle l'entend monter l'escalier qui mène au rez-de-chaussée. Dans quelques secondes, elle va voir le bas de son pantalon passer dans la lucarne, près du plafond, qui leur sert de fenêtre de cuisine et qui donne sur la ruelle des Fortifications. Voilà. Le petit pas dandinant de son fils.

Elle est seule. Avec Télesphore qui dort encore.

Quand elles ne s'engueulent pas, Albertine et Madeleine se boudent.

Et pourtant elles prennent le tramway ensemble chaque matin et chaque soir. Elles se sont, toutes les deux et en même temps, trouvé du travail chez Dupuis Frères, Madeleine au rayon des appareils ménagers, au quatrième, Albertine au sous-sol, l'étage des soldes. Alors elles se sentent obligées, malgré leur grave différend, de continuer à voyager de compagnie, s'ignorer pendant la demi-heure que prend leur déplacement entre la maison et le magasin leur semblant ridicule et enfantin. Mais elles se taisent. Et évitent de se regarder. Un vieux couple qui n'a plus rien à se dire.

Il n'y a pas si longtemps, avant le malentendu autour d'Alex, elles marchaient bras dessus, bras dessous, se racontaient mille riens, riaient, se moquaient des passants, surtout des hommes qu'elles ne trouvaient jamais assez beaux ni assez intéressants à leur goût. Elles devenaient graves quand l'une des deux confiait un secret à l'autre, repartaient à rire aussitôt que quelque chose d'inhabituel se présentait à elles. Elles se plaignaient comme tout le monde que les tramways étaient trop bondés le matin, remerciaient en minaudant lorsqu'un homme leur cédait sa place, parlaient fort pour qu'on les regarde, bref elles n'étaient pas loin de penser qu'elles étaient heureuses parce qu'elles gagnaient leur vie et que les garçons commençaient à s'intéresser à elles.

Après une adolescence difficile qu'elle avait passée à tout critiquer – l'appartement en sous-sol de la ruelle des Fortifications, sa famille, en particulier ses parents, Télesphore parce qu'il était paresseux et Victoire parce qu'elle était trop vaillante et se tuait à remplacer son mari dans ses tâches de concierge, son frère qu'elle trouvait sans dessein, son avenir qu'elle voyait sombre vu que rien ne l'intéressait –, Albertine s'était transformée aussitôt qu'elle avait commencé à travailler chez Dupuis Frères. Sortir de l'école où elle n'apprenait rien et où elle entraînait les religieuses enseignantes dans des engueulades sans fin, sortir de la maison, trop sombre, étouffante et grouillante de frustrations et de non-dits, rencontrer du monde, se prouver qu'elle pouvait faire autre chose que se plaindre et se gratter les bobos avaient fait d'elle, presque du jour au lendemain, une jeune fille sinon belle, du moins délurée et presque charmante. Une période positive de sa vie qui avait été couronnée par la rencontre avec Alex, un grand gars, charmant, prévenant, volubile – denrée rare dans cette société où l'homme se taisait et laissait la femme parler – et plein de projets, de qui elle était tombée follement amoureuse. Sans doute trop.

Exclusive et exigeante, elle avait tissé autour de lui une toile d'attentions suffocantes dans laquelle il s'était vite senti prisonnier. Aveuglée par la passion, Albertine n'avait pas vu le dommage qu'elle causait elle-même à ses amours naissantes avec ses revendications exagérées. Elle était sans s'en rendre compte devenue tyrannique, avait exigé des serments qu'il n'avait pas envie de faire et des promesses qu'il trouvait inutiles.

Et il avait commencé à regarder du côté de Madeleine.

Victoire avait tout vu venir.

Tout d'abord, elle n'avait pas du tout aimé Alex lorsqu'Albertine le lui avait présenté. Trop souriant, trop sûr de lui, trop désireux de plaire. Pas beau, mais pensant l'être et agissant en conséquence. Plein de prévenances envers Albertine, envers Madeleine, envers elle, galant à l'excès, le compliment facile et souvent superflu, il paradait au salon comme un coq dans une basse-cour, racontant des anecdotes de commis voyageur comme s'il s'était agi d'aventures exceptionnelles. Victoire, lisant dans son jeu et choquée de l'aveuglement de sa fille, était restée de glace devant ce qu'elle considérait comme des pitreries de séducteur. Se rendant compte du peu d'effet de ses attentions sur Victoire, Alex avait essayé de l'enjôler avec des compliments encore plus mielleux et même des fleurs. Elle avait failli l'envoyer paître à deux ou trois reprises, mais s'était retenue. Après tout, c'était le premier garçon qui s'intéressait aussi sérieusement à Albertine. Au fil des mois, elle avait fini par se demander ce qu'il pouvait bien trouver à sa fille. Noiraude, pas jolie, complexée, timide avec les étrangers – Dieu sait qu'elle ne l'était pas avec les membres de sa famille –, Albertine n'était pas du tout le genre de femme à plaire au prétentieux voyageur de commerce volubile et exubérant qu'il était. Cherchait-il une petite femme docile qu'il pourrait parquer dans une petite maison proprette remplie d'enfants légitimes pendant que lui, le jars, irait s'épivarder un peu partout à travers la province ?

N'était-il lui-même qu'un cliché, une anecdote de commis voyageur?

Avant que ça devienne trop sérieux – elle n'avait pas envie de voir une Albertine en dépression traînant son malheur dans la maison si Alex se fatiguait d'elle –, elle avait donc tenté d'avoir une conversation avec Albertine qui, c'était évident, se laissait de plus en plus enfirouaper par les empressements du jeune homme, au point qu'on l'avait entendue chantonner à quelques reprises dans la salle de bains. Albertine qui chante! Ça ne pouvait rien annoncer de bon. Mais Albertine ne voulait rien savoir des conseils de sa mère qu'elle trouvait fouineuse et par trop méfiante, et la conversation s'était mal terminée, l'une reprochant à sa mère de vouloir lui gâcher sa vie, l'autre lui répondant que c'était pourtant ce qu'elle était en train de faire elle-même.

L'intérêt d'Alex et son affection pour Albertine semblaient cependant sincères, alors Victoire avait décidé d'attendre avant d'intervenir avec plus d'énergie, tout en le tenant à l'œil. Et, le cœur inquiet, elle avait vu Albertine commettre gaffe sur gaffe, tomber dans tous les pièges qui guettent la femme qui aime trop, devenir de plus en plus exigeante avec Alex et même capricieuse – sans doute de peur de le perdre alors que c'était le meilleur moyen de le faire fuir –, tenant pour acquis qu'ils étaient un couple officiel même s'ils n'en étaient qu'au début de leur relation, agissant sans raison sérieuse comme une femme mariée qui soupçonne son mari de regarder ailleurs et lui faisant des reproches qu'il ne mérite peut-être pas. On aurait dit une mégère qui avait ferré le bon poisson et qui ne voulait plus lâcher prise. Elle ne pouvait tout de même pas imaginer qu'il allait considérer une vie complète en compagnie de l'hystérique qu'elle était en train de devenir! Et lorsqu'Albertine se mit à faire des scènes à Alex devant toute la maisonnée, le laissant pantois, lui d'habitude si loquace, Victoire se rendit compte que la fin approchait et qu'Albertine était sur le point de connaître son premier grand chagrin si elle ne changeait pas d'attitude.

Surtout qu'elle avait surpris les coups d'œil furtifs qu'Alex commençait à lancer du côté de Madeleine, proie sans doute moins rétive, sans qu'Albertine, trop occupée à ses récriminations, s'en aperçoive.

Et lorsque, soirée fatidique, Alex avait rompu avec Albertine, alléguant que ses exigences l'étouffaient, qu'il n'était pas prêt à se lancer dans la relation sérieuse qu'elle semblait vouloir lui imposer, l'enterrant sous les compliments en même temps que les reproches, trou de cul jusqu'au bout et d'une évidente mauvaise foi, la maison avait sombré dans un maelstrom sans fond de plaintes et d'anathèmes.

Les crises de larmes suivaient les poussées de rage, des vêtements avaient été déchirés et de la vaisselle lancée partout dans la cuisine. Albertine n'en voulait pas juste à Alex, elle conspuait tout le monde, elle accusait sa mère, sa sœur et même son frère – Édouard n'avait pourtant croisé Alex qu'à quelques reprises – d'avoir saboté sa relation, son seul espoir de quitter à tout jamais cette maison de malheur. Elle avait menacé de partir sans laisser d'adresse, d'aller se louer une chambre comme Gabriel l'avait fait avant elle, mais quand Victoire, un bon soir, exaspérée d'entendre toujours les mêmes récriminations et devant le refus renouvelé de Télesphore de «s'occuper d'affaires de femmes», s'était dirigée vers la porte de l'appartement, l'avait ouverte et avait dit à Albertine de s'en aller crier ailleurs, qu'elle en avait assez, qu'elle ne voulait plus la voir, celle-ci avait figé au milieu du salon, trop outragée pour pouvoir répondre.

« Vous me mettez à la porte ?

— Tu te mets à la porte toé-même. »

Albertine s'était enfermée dans sa chambre pendant des jours – elle avait failli perdre son emploi chez Dupuis Frères –, rongeant son frein, ourdissant des projets de vengeance plus cruels et plus violents les uns que les autres ; elle passait des nuits sans dormir, s'imaginait trônant sur une pile de corps suppliciés, victorieuse et enfin libérée. Elle reprenait sans cesse dans sa tête ses assassinats cruels et ses séances d'insultes vengeresses, sans pourtant que ça lui fasse du bien. Et c'est ça qui l'enrageait le plus.

Quand, pâle et défaite, elle avait fini par sortir de sa chambre où tout avait été mis à l'envers, ce fut pour apprendre qu'Alex avait demandé à Madeleine de l'accompagner au cinéma.

Une ombre appuyée au chambranle de la porte de la cuisine.

Cheveux ébouriffés, dos rond, tête baissée, les yeux sans doute injectés de sang, puant la sueur et l'alcool mal digéré, Télesphore, dans toute sa splendeur, vient de faire son entrée.

« Veux-tu manger quequ' chose ? »

Pas de réponse.

« Un thé ? Ça te ferait du bien, un thé. »

Un petit signe d'assentiment.

« Tu vas finir par te tuer…

— Tu serais trop contente. »

La voix est faible, rauque, le souffle court. Il tousse, se dirige vers l'évier où il crache sans se donner la peine d'ouvrir le robinet.

« J't'ai dit cent fois de pas cracher dans le lavier. C'est moé qui es obligée de nettoyer, après ! »

Il fait couler l'eau, se mouille la main, la passe dans son cou.

« J'pourrais te préparer un bain. »

Une des seules gratifications à être concierge d'un immeuble, à part le téléphone qu'ils n'auraient pas pu se payer autrement, était l'eau chaude à volonté, comprise dans le bail des locataires mais gratuite pour eux.

Autre signe d'assentiment.

«Après, y faudrait que tu manges quequ' chose.»

Il hausse les épaules.

«J'vas préparer tout ça pendant que tu vas te laver.»

Elle entre dans la salle de bains, ouvre le robinet de la baignoire.

Si seulement il pouvait s'ébouillanter.

En beurrant les toasts, qu'elle a faites pâles, presque blanches, comme il les aime, une idée traverse l'esprit de Victoire. Albertine et Madeleine sont en âge de se marier. Si Alex demandait Madeleine en mariage et si Paul – le nouveau cavalier d'Albertine, un autre insignifiant, mais mou celui-là, elle peut en faire ce qu'elle veut – faisait la même chose avec Albertine!

Deux mariages! Qu'il faudrait payer!

Avec quoi?

Plutôt que de se rendre directement à son rendez-vous avec mademoiselle Desrosiers, Édouard est entré au magasin L. N. Messier, dont il entend parler depuis si longtemps, situé juste à côté de la boutique de souliers Giroux et Deslauriers.

Il s'est senti obligé de débarrasser ses bottes d'hiver de la neige qui les recouvrait en secouant ses pieds sur le plancher, ce qui a fait sourire la vendeuse de parfum.

« Vous êtes pas obligé de faire ça, monsieur. »

Monsieur ? Il a l'air d'un monsieur ? Il est flatté qu'on le croie plus vieux que son âge.

« Chus habitué de faire ça chez nous, sinon ma mère me tuerait ! Pis j'ai pas envie de laisser de la slotche partout dans le magasin… »

Elle a ri.

« Ici, y a quelqu'un qui est engagé pour nettoyer les planchers…

— C'est pas une raison pour y donner plus d'ouvrage. »

Après l'avoir saluée de la main, il est allé se planter au bout de l'allée centrale. C'est là, tout au fond, au cœur du département de la lingerie pour dames, que son oncle Josaphat, avant de disparaître, venait jouer du violon, deux fois par jour, pour distraire les clients. C'est Victoire qui le lui avait dit quand il lui avait demandé comment Josaphat gagnait sa vie.

Ça et les mariages, les enterrements, les partys de famille.

Le gérant croyait qu'il attirait la clientèle, certaines vendeuses – celles qui n'aimaient pas sa musique ou à qui il faisait peur avec ses yeux perçants et ses airs de bohémien – prétendaient au contraire qu'il éloignait les acheteuses, ce qui était faux. Au fil des années il s'était en effet formé autour de lui un groupe d'admiratrices qui entraient plusieurs fois par semaine chez Messier juste pour l'écouter jouer la *Méditation* de Massenet ou *Humoresque* de Dvorák, deux de ses grands succès. Si elles repartaient sans rien acheter, ce n'était pas parce que Josaphat et sa musique les rebutaient, mais pour la simple raison qu'elles n'avaient pas d'argent à dépenser. C'était bien beau d'écouter de la musique à CKAC ou à CHLP, mais entendre un vrai violoniste qui vous remuait jusqu'au fond de l'âme, là, à deux pas de vous, c'était tout de même autre chose! *Regarder* un artiste en plus de l'entendre était un événement pour ces femmes qui n'avaient jamais vu l'intérieur d'une salle de concert. Alors elles faisaient semblant d'avoir besoin de quelque chose – un rouleau de fil, des épingles de nourrice, n'importe quoi – pour venir l'écouter.

Édouard imagine son oncle Josaphat planté bien droit sur ses deux jambes, comme il le faisait dans les fêtes de famille, les yeux fermés, concentré. Il pose le menton sur son instrument, lève le bras, approche l'archet des cordes. Il croit l'entendre. Les larmes lui montent aux yeux. C'était si beau. Cette accalmie, tout à coup, au milieu des fêtes bruyantes de Noël ou du Jour de l'An, cette plage de paix que même les pires des soûlons goûtaient les yeux fermés, le verre de bière au bout du bras, parfois même la main sur le cœur.

On est sans nouvelles de lui depuis longtemps. Victoire prétend qu'il est peut-être retourné à Duhamel parce que la ville l'écrasait. Mais il n'appelle pas. Il n'écrit pas non plus. Édouard avait un jour demandé à sa mère s'il y avait eu un froid, une chicane qui expliquerait sa disparition ; elle s'était contentée de le regarder en secouant la tête. Il en avait conclu qu'il y avait plein de choses qu'il ne savait pas au sujet de sa famille et était déterminé à les débusquer.

Édouard a fait le tour du magasin rapidement. Rien d'intéressant. Que du *cheap*. Des souliers qu'on croirait faits de carton, des robes de maison chamarrées ou fleuries, rien d'uni ou qui pourrait attester que l'acheteuse éventuelle a un tant soit peu de goût. Du laid. Du pas cher. Des batteries de cuisine qui ne dureraient pas un an, des bijoux en verroterie trop colorée, des parfums qui puent. Tout ce qu'il a connu depuis sa naissance, en fait, et dont il voudrait tant sortir.

Ah ! Morgan, Eaton, Ogilvy, c'était autre chose !

Il peut y passer de longs moments devant le tombé d'une robe ou un rang de perles grises. Ou regarder Tititte Desrosiers, une autre tante de Nana, faire l'éloge des plus beaux gants de *kid* du monde à des dames de Westmount d'un chic éblouissant.

Ici, la pauvreté règne sur tout.

Il a essayé à quelques reprises d'imaginer la duchesse de Langeais se promenant entre les présentoirs, la moue qu'elle ferait devant tant d'horreurs, le geste de dédain esquissé pour écarter de sa vue ces bebelles laides et sans valeur.

Un pincement de remords. Pas de mépris. Pas de jugement. C'est ici que sa mère s'habillerait si elle habitait le quartier, et sa mère est intouchable.

Juste avant de quitter le magasin pour enfin se rendre à son rendez-vous, il aperçoit, près d'une des portes de sortie, un peintre penché sur un tableau qu'il achève, les sourcils froncés, le front plissé. Sa signature posée, il s'éloigne, contemple son œuvre quelques secondes avant de l'enlever du chevalet pour la remplacer par une toile vierge.

Édouard s'approche du tableau.

Un sous-bois à l'automne. Tout y est : les arbres rouges, jaunes, les conifères restés verts, le sol boueux, les profondes ornières, la racine d'arbre avec son inévitable oiseau perché sur une branche cassée et qu'on entend presque chanter. Ce n'est ni beau ni vilain. C'est ordinaire. À l'image de ce qui se vend dans le magasin. En regardant les autres toiles, Édouard se rend compte qu'elles se ressemblent, qu'elles sont toutes faites sur un même modèle, comme si l'artiste repeignait sans cesse le même tableau en changeant seulement les couleurs des saisons. On reconnaît le sous-bois, la végétation au premier plan, la racine d'arbre, l'oiseau. Le vert tendre du printemps fait place à celui, plus foncé, de l'été, puis arrive le flamboiement de l'automne...

Édouard se tourne vers le peintre.

« Vous avez pas de scènes d'hiver ? »

Le peintre, qui tenait son pinceau entre ses dents, l'enlève de sa bouche, l'essuie sur la manche de sa chemise tachée.

« Non. Surtout pas à ce temps-citte de l'année. Le monde ont assez de voir d'la neige dans la rue, y veulent pas en accrocher sur leur mur en plus !

— Vous en faites juste l'été ?

— Non. J'en fais pus. L'hiver, ça se vend pas. Y m'en restait deux l'été passé pis j'ai fini par les céder à rabais à des étrangers. Des Français qui pouvaient pas imaginer qu'un hiver comme ça pouvait exister… J'pense que ces deux tableaux-là étaient là depuis des années… J'étais assez content de m'en débarrasser ! »

Il s'empare d'une sorte de blaireau qu'il trempe dans une solution gommeuse avant de le passer à grands coups sur la toile vierge.

Édouard tousse dans son poing, se racle la gorge.

« Avez-vous connu un violoneux qui venait jouer deux fois par jour… »

Le peintre l'interrompt avec un joyeux éclat de rire.

« Monsieur Josaphat ? Ben sûr que je l'ai connu ! On prenait souvent une bière ensemble à la taverne Normand, au coin de la rue. Un ben bon gars. Pis y jouait comme un dieu ! Un grand talent !

— Ça fait longtemps que vous l'avez vu ?

— Y est disparu y a quequ' mois. Y s'est pas présenté, un matin, pis on l'a jamais revu. Au commencement, j'trouvais le magasin pas mal silencieux. J'm'étais habitué à ses deux visites par jour… Y est peut-être mort. Mais je pense pas. Y avait pas pantoute l'air malade. Fatiqué, malheureux, mais pas malade. Y s'est peut-être tanné.

— Saviez-vous oùsqu'y restait ? »

Le peintre se tourne vers lui.

« Vous le cherchez ?

— C'est mon mononcle, le frère de ma mère, pis on n'a pas de nouvelles nous autres non plus.

— C'est ton mononcle pis tu sais pas oùsqu'y reste ?

— Euh… Y déménage souvent… pis y nous dit pas toujours oùsqu'y est rendu… »

Le peintre prend la toile et se met à la secouer de bas en haut.

«Faut que ça chesse avant que je commence… J'me rappelle qu'une fois y m'avait dit qu'y avait un petit appartement sur la rue Amherst au coin de de Montigny… J'm'en rappelle, c'tait l'hiver passé, y m'avait dit que son salon était au-dessus d'un passage entre deux maisons, que c'était ben humide pis qu'y arrivait pas à le chauffer, l'hiver…

— Pis y a personne ici qui saurait où y est rendu?

— J'pense pas. Comme j'te dis, y est disparu du jour au lendemain. Pis y parlait jamais à personne. Juste à moé, pis c'était probablement parce que j'y payais souvent sa bière… Ça paye pas mal, ces peintures-là, tu sais. Tu serais surpris… Celui que je viens de finir, là… Deux belles piasses!

— Le monde qui viennent ici ont les moyens de se payer ça?

— Non. Mais quand y trouvent ça ben beau… Pis chus pas mal convaincant.»

Il dépose la toile vierge sur le chevalet.

«Bon ben tu m'excuseras, mais y a un autre chef-d'œuvre qui attend que je le peinture…»

Même s'il ne le connaît pas beaucoup, Édouard a toujours été fasciné par son oncle Josaphat. Peut-être parce qu'une sorte de mystère l'entoure : Édouard sait par exemple que le violoneux n'est pas le bienvenu à la maison – il ne se souvient pas l'y avoir jamais vu – et que son père blêmit chaque fois que son nom est prononcé devant lui ; peut-être aussi parce que chaque fois qu'il l'a entendu jouer de son instrument, en particulier au mariage de son frère Gabriel, cinq ans plus tôt, il a eu l'impression de s'approcher de quelque chose de grand qu'il ne pouvait pas nommer et qui le bouleversait. Petit bonhomme rondelet différent des autres enfants en ce que rien de ce qui intéressait ses sœurs, ses cousins ou ses amis ne piquait sa curiosité, préférant se mettre des bouts de chiffon sur la tête pour évoquer les chapeaux portés par les madames dans les magazines que sa mère ramassait parfois dans les déchets des locataires, ou mimant les chansons qu'il entendait à la radio, il se sentait souvent seul, le mot rejet n'étant pas encore entré dans son vocabulaire. Mais ce qui s'élevait du violon de son oncle Josaphat le propulsait dans un monde inconnu, au seuil de ce monde, plutôt, parce qu'il avait l'impression de rester à la porte, fermée pour lui, à travers laquelle la musique parvenait cependant à le caresser, comme une promesse. Un monde inventé de toutes pièces et qui libérait de tout. Il avait observé Josaphat, vieux monsieur rachitique un moment, mal habillé et pas très propre, puis, sans transition, demi-dieu la seconde suivante, comme baigné dans une lumière qui émanait de lui, de ses gestes, tout à coup souples et précis, de sa concentration et de ce qu'il arrivait à tirer de son violon, ces longues plaintes déchirantes, ces cascades de rires exécutées à une vitesse folle. Au mariage de Gabriel, Édouard était venu s'asseoir aux pieds du musicien pendant une partie de la journée, et, sans savoir d'où ça venait, il avait réprimé une envie de pleurer qui n'était pas de la tristesse mais de la joie. Et quand il s'adressait à lui, ce qui était plutôt rare, Josaphat lui disait immanquablement : « T'es ben l'enfant de ton père. T'as la poésie dans le sang pis ça va te perdre. » Qu'est-ce que ça voulait dire ? Surtout qu'il ne voulait pas ressembler à Télesphore, ce faux barde sans cœur qui préférait réciter des odes à la lune plutôt que d'accepter son métier de concierge. Édouard avait appris très tôt à juger et à détester son père. À cause de Victoire qui s'éreintait à travailler à sa place, bien sûr, mais aussi parce qu'il reconnaissait en lui-même cette même propension à rêvasser plutôt qu'à agir qu'il devinait chez son père, à se réfugier dans un cocon ouaté où il devenait intouchable, presque à la portée du bonheur. Et lorsqu'il voyait son père boire – de la bière quand l'argent manquait, du fort quand, on ne sait comment, il arrivait à mettre la main sur une somme quelconque, peut-être pigée dans le porte-monnaie de sa femme –, il se demandait si c'était là la clef du secret, la clef de la porte qui menait à l'autre monde. Parce qu'il avait aussi vu son oncle Josaphat boire toute la journée au mariage de Gabriel. Il était trop jeune pour entrer dans une taverne ou un club de nuit – il fallait attendre ses vingt et un ans –, il se promettait cependant de rattraper le temps perdu pour aller rejoindre non pas le monde de son père, mais celui de son oncle. Clefs en main.

En sortant de chez L. N. Messier, il met sa tuque et ses mitaines, puis se rappelle que le magasin où il va peut-être trouver le premier emploi de sa vie est situé juste à côté.

Sa mère lui a dit d'être poli avec mademoiselle Desrosiers, de se montrer intéressé par la job, de bien répondre à ses questions – comme s'il avait besoin de ce genre de conseils, il sait vivre, non ? – et, surtout, de lui demander des nouvelles de ses sœurs pour bien lui montrer qu'il se rappelle qui elle est. Il se rappelle qui elle est, non ? La sœur de la belle-mère de Gabriel et aussi de la dame qu'il trouve si chic chez Ogilvy, tu sais, celle qui vend des gants de kid… Oui, oui, il se rappelle très bien. Elle lui a conseillé aussi d'être plutôt vague si Teena Desrosiers lui posait des questions trop précises au sujet de sa famille.

« Est pas obligée de savoir dans quelle misère on vit. Tu diras que t'as laissé l'école parce que t'étais tanné…

— C'est vrai, aussi…

— … mais surtout parce que tu voulais gagner ta vie ! Ça, c'est moins vrai, mais est pas obligée de le savoir… Pis montres-y que tu connais ça, les chaussures, que t'as pas regardé tous ces magazines-là pour rien ! »

Il prend une grande respiration, replace son manteau d'hiver élimé mais propre, tourne à droite dans l'entrée de la boutique, jette un coup d'œil rapide dans les deux vitrines. Des souliers Brooks. Au moins, ils ne vendent pas de cochonneries, les chaussures Brooks, c'est de la qualité.

Il se plaque un sourire dans le visage et pousse la porte.

Teena déteste les retardataires.

Enfant, elle était toujours la première arrivée à la petite école de Sainte-Maria-de-Saskatchewan. Elle n'attendait jamais ses sœurs qu'elle trouvait trop lambines – Tititte s'attardait devant ses céréales, Maria jouait avec son manger – et quittait la maison tôt pour pouvoir dire bonjour à la maîtresse d'école avant tout le monde. Le dimanche, à l'église, il lui arrivait d'être obligée de patienter sur le perron avant que le bedeau vienne ouvrir les portes. Et ses premiers cavaliers, elles les avait attendus à partir de cinq heures de l'après-midi sous les railleries du reste de la famille.

Toute sa vie durant elle est arrivée à ses rendez-vous avant l'heure, quitte à poireauter devant des portes fermées, des restaurants déserts ou des coins de rues achalandés où elle avait l'impression d'être dans le chemin de tout le monde. Mais mieux valait être dans le chemin de tout le monde que de faire niaiser quelqu'un. Elle était celle qui poireautait, qui niaisait, qui attendait toujours l'autre, ou l'ouverture des portes, ou l'arrivée de l'autobus, elle l'avait accepté et n'y pensait plus depuis longtemps.

Dans la demi-heure qui vient de s'écouler, elle a regardé sa montre aux deux minutes, tapant du pied d'impatience et lançant des soupirs d'agacement. Elle n'a même pas eu la visite d'un seul client pour passer le temps. Si en plus d'être gras le beau-frère de Nana était un paresseux toujours en retard, il ne ferait pas long feu chez Giroux et Deslauriers !

Lorsque la petite clochette au-dessus de la porte tinte, elle ne prend même pas la peine de vérifier si c'est bien lui qui vient d'entrer avant de lancer de sa voix la plus rude à travers la boutique :

« Si y a quequ' chose que j'haïs, c'est le monde qui sont en retard ! J'avais dit dix heures, pas dix heures et demie ! »

Il reste figé devant la porte, terrorisé. Et si ridicule dans son manteau trop étroit, avec ses yeux ronds et sa bouche pincée, peut-être pour réprimer un tremblement des lèvres, que Teena se retient pour ne pas rire. Il y a deux secondes, elle voulait l'envoyer paître, et là, tout à coup, devant sa mine déconfite, elle a envie de le prendre dans ses bras pour le consoler de lui avoir fait peur.

Mais elle doit se montrer ferme.

« T'as ben entendu ? »

Il détache son manteau presque en tremblant, enlève sa tuque trois couleurs, dénoue son foulard.

« Excusez-moi. J'avais pas compris qu'on avait un rendez-vous fixe… J'pensais que c'était *vers* dix heures, pas à dix heures juste… »

Elle s'approche de lui, le regarde des pieds à la tête.

« T'es sûr, avec ta corporence, que tu peux te saper à genoux aux pieds des clients quarante ou cinquante fois par jour ? »

Édouard a envie de lui tourner le dos et de sortir de la boutique en claquant la porte. Il n'a pas l'habitude de se laisser brasser comme ça. Lui parler de son poids avant même de faire connaissance! Tout ça commence bien mal. Il aurait dû rester couché dans son lit, la tête sous l'oreiller, plutôt que de traverser la moitié de la ville pour venir rencontrer cette espèce de dragonne-là, qui lui avait semblé pourtant si gentille les quelques fois où il l'avait croisée. Sa peur s'est envolée tout d'un coup pour faire place à cette espèce de rage qu'il devine souvent chez sa sœur Albertine et qui la rend si imprévisible.

Il n'a plus peur, il fulmine.

Il bombe le torse, regarde Teena droit dans les yeux.

« C'est pas parce que chus gros que chus pas souple! »

En moins de cinq secondes, il a eu le temps de se jeter à genoux devant elle et de se relever.

« C'est-tu assez souple pour vous? Voulez-vous que je saute par-dessus les chaises ou ben que je fasse la grande roue? »

Elle a reculé de deux pas. Il se rend compte qu'elle a envie de rire.

« On va ben voir si t'es si souple que ça quand tu vas avoir passé des heures à courir d'un bord pis de l'autre dans le magasin pour trouver des suyers à du monde qui savent pas c'qu'y veulent pis qu'y en essayent dix paires avant de repartir en disant qu'y vont y penser! »

Il enlève son manteau, le plie sur son bras.

« Ça veut dire que chus engagé?

— Ça veut dire qu'on va jaser un peu, là, pis que ça se peut que je te prenne à l'essai. »

Édouard ne sait même pas s'il est content. Passer des jours et des jours avec elle… Mais en s'approchant de sa peut-être nouvelle patronne, il se rend compte qu'elle sent bon.

« Vous sentez bonne. C'est quoi votre parfum, mademoiselle Desrosiers?

— Mon Dieu, c'est rare les hommes qui s'intéressent à ça!

— C'est pas rare. Mais sont trop gênés pour le
demander... »

Teena réprime un autre sourire.

Décidément un *vieux garçon*.

* * *

«C'est pas beaucoup, mais je peux pas t'offrir plus...
Faut que tu te dises que c'est ta première job pis que
t'as pas d'expérience... »

Édouard est déçu. Il ne s'était pas attendu à un
traitement royal, bien sûr, mais si peu... Il avait
osé rêver de sorties au cinéma, peut-être même au
théâtre, de temps en temps, de repas au restaurant,
de vêtements décents, de chaussures Brooks, justement, qu'il allait vendre s'il acceptait l'offre de mademoiselle Desrosiers. Mais avec ce salaire de misère...
Un coup sa pension réglée – sa mère avait bien insisté
là-dessus –, il lui resterait à peine de quoi payer son
transport et ses petites dépenses quotidiennes. Pas de
folies, pas de fantaisies. Il n'aurait peut-être pas plus
d'argent que maintenant et il serait obligé de refaire
le même chemin deux fois par jour et de besogner du
matin au soir, six jours par semaine.

«Vous pouvez pas mettre une couple de piasses de
plus?

— Même pas une couple de vingt-cinq cents.
Quand on aura vu ce que tu sais faire, comment tu
te débrouilles avec la clientèle, si t'es bon vendeur, si
tu perds pas patience, parce que des fois, crois-moi,
ça prend *ben* de la patience, on verra. En attendant,
prends ce que je t'offre... ou ben va chercher ailleurs.

Mais tu trouveras pas mieux. Mieux vaut faire essayer des souliers à du monde pour pas cher que de t'atteler à une machine bruyante pis éreintante pour pas tellement plus, penses-y comme faut.»

La familiarité avait disparu entre eux, Teena était redevenue la patronne, froide, un peu distante. Elle avait été animée pendant tout le temps qu'elle avait pris pour expliquer à Édouard les aires de la maison, ce qu'elle attendait d'un bon vendeur, les horaires qu'il aurait à respecter à la lettre, mais aussitôt qu'il avait été question d'argent, elle s'était redressée sur sa chaise, son visage s'était durci, sa façon de parler aussi. Elle donnait l'impression de gérer le grand magasin d'à côté, alors que Giroux et Deslauriers ne comptait qu'un seul employé à part elle.

«J'peux y penser jusqu'à demain?

— Ben non. Tu dois déjà le savoir si tu veux rester ou non. Si ça t'intéresse pas, c'est pas grave, y en a d'autres. Mais si ça t'intéresse, saute tu-suite dessus parce que des jobs, y en a pas beaucoup. La Crise est rendue ici, tu sais, pis les jobs risquent de se faire encore plus rares…

— Le monde ont les moyens de s'acheter des souliers, en temps de crise?

— Le monde ont toujours besoin de souliers pour aller travailler…»

Elle se lève, fait quelques pas dans la boutique, replace sur un étalage un soulier qui n'avait pas besoin d'être replacé.

«Y est onze heures. J'te donne jusqu'à midi pour y penser. Après ça, je passe à quelqu'un d'autre.»

Il se précipite presque sur elle, lui tend la main.

«J'ai pas besoin d'une demi-heure, j'la prends, la place…

— T'es sûr de ton coup?

— Chus sûr de mon coup. Pis je sens qu'on va ben s'entendre...»

C'est machinal chez elle, elle s'essuie la main après avoir serré celle d'Édouard, qui s'en trouve un peu offensé. Sans le savoir, sans même y avoir jamais pensé, Teena, toute sa vie durant, aura insulté chaque personne à qui elle aura serré la main. Et si par hasard quelqu'un lui en faisait la remarque, elle tomberait des nues.

«Fie-toi pas trop là-dessus, mon petit gars. Pis oublie jamais une chose : c'est moi la patronne, c'est moi qui mène, c'est moi qui décide.»

Sans rien ajouter, Édouard, le nouvel employé du magasin de chaussures Giroux et Deslauriers, remet son manteau, ses gants, sa tuque.

Qu'elle lui enlève d'un geste brusque.

«Va t'acheter un chapeau. T'es un homme, à c't'heure, t'es pus un enfant d'école. Dans le tramway, faut qu'on sache que tu t'en vas gagner ta vie!»

Il a rougi jusqu'à la racine des cheveux.

«J'ai pas d'argent pour m'acheter un chapeau!»

Elle se penche derrière la caisse, prend son sac à main, fouille dans son portefeuille.

«Tiens, v'là une avance. Deux piasses. Va à côté, chez Messier, y en ont des beaux pour pas cher.»

Il hésite, fait quelques pas en direction de la porte, revient vers elle.

«C'est ma mère qui m'a tricoté ma tuque. J'vas être obligé d'y dire que je l'ai perdue...»

Elle la lui tend.

«O.K. Tu peux la rapporter. Mais je veux pus jamais la revoir.»

«T'as eu la job!

— Ben oui, pis facilement à part de ça!

— Chus tellement contente!»

Elle porte une main à sa bouche, s'assoit.

«Voyons donc, moman, vous allez pas pleurer!

— Si tu savais… la différence que ça va faire…»

Il s'accroupit devant elle. Quand elle est comme ça, vulnérable, qu'elle laisse tomber sa garde, lorsqu'elle se laisse aller à montrer ses vrais sentiments à ses enfants, ou l'état de ses pensées, la plupart du temps à son insu, parce qu'elle a subi un choc ou que la pression était trop forte, il irait lui décrocher la lune. Au fond, tout au fond, il le sait, derrière la femme forte qui décide de tout et qui fait des miracles avec rien, se cache un nœud de fragilité, le contraire de l'image qu'elle veut imposer à sa famille, la faiblesse au lieu de la force, la compassion au lieu de la dureté.

«Ces deux piasses-là, Édouard, vont tout changer!

— Exagérez pas!

— En tout cas, ça va changer ben des affaires…

— Si c'est si important que ça, j'peux vous en donner plus…

— Voyons donc…

— Cinq piasses, j'peux vous donner cinq piasses au lieu de deux!

— C'est toé qui exagères, là. Y te resterait pus rien...

— Quatre? Voulez-vous quatre piasses, moman?»

Elle hésite en secouant la tête.

S'il ne se retenait pas, il lui offrirait son salaire au complet. Pour la voir heureuse. Une fois, une seule fois, sentir qu'elle ne jongle pas avec des problèmes sans issue, qu'elle peut se bercer dans sa chaise préférée et ne penser à rien. En tout cas rien de négatif.

«Si tu pouvais m'en donner trois. Mais j'insiste pas! J'veux pas que tu te ruines pour nous autres.»

Il sourit, l'embrasse sur la joue.

«Ça me ruinera pas complètement. Juste un tit peu. O.K., trois piasses tou'es vendredis soir! Pis gaspillez-les pas!»

Elle lui donne une tape sur le bras.

«Fais-toé-z'en pas, on a pas les moyens de rien gaspiller ici-dedans! On va juste mieux manger!

— Pis dites-lé pas à popa...

— J'me ferais couper la main droite avant d'y dire qu'on va avoir trois piasses de plus par semaine pour notre ordinaire!

— Où c'est que vous allez les cacher? Y connaît toutes vos cachettes.

— Cher tit-gars... Non, y connaît pas toutes mes cachettes. Vous autres non plus, d'ailleurs...»

Elle se lève, ouvre la glacière, se penche.

«Les glacières, ça peut servir à ben des affaires...»

C'est une caverne d'Ali Baba qu'on tiendrait dans l'obscurité. C'est du moins ce que pense Maria chaque fois qu'elle visite sa cousine Ti-Lou à son appartement du boulevard Saint-Joseph.

Quand elle est arrivée à Montréal, il y a cinq ans, Ti-Lou n'avait presque rien. Deux valises et les vêtements qu'elle portait. Mais les valises contenaient une petite fortune en argent comptant que Ti-Lou, sans la dilapider, s'était fait un plaisir de commencer à dépenser en bébelles et colifichets, en meubles et en accessoires de cuisine, en tableaux et en décorations pas toujours du meilleur goût, toutes choses qu'elle n'avait jamais possédées parce qu'elle avait vécu une grande partie de sa vie dans une suite d'hôtel. À Maria qui lui faisait remarquer qu'elle dépensait trop vite, elle avait répondu de ne pas s'inquiéter, que son argent était bien placé, qu'il faisait des petits et que lorsqu'elle aurait terminé d'emplir son appartement d'objets qui lui faisaient envie, elle s'arrêterait. Les meubles étaient massifs, lourds, les tapis épais, les tableaux énormes – seule une toile représentant une scène automnale avec bouquets d'arbres multicolores et oiseau juché sur une branche était de taille normale, et même plutôt petite –, le plafonnier du salon encombrant et le poêle Bélanger, qui trônait dans un coin de la cuisine, gigantesque. Ti-Lou disait souvent à sa cousine qu'elle adorait cuisiner pour une seule personne sur un poêle qui pourrait accommoder une famille de quinze.

« J'fais des petits plats dans des grands chaudrons que je place sur mon gros poêle... Pis je mange toujours dans des grandes assiettes... »

Et lorsque sa maison avait été bien pleine, l'espace de circulation réduit à son minimum, Ti-Lou avait fait poser de lourdes draperies dans les fenêtres pour empêcher la lumière d'entrer. Et elle avait acheté des ampoules électriques de cinquante watts. Elle s'était enfermée dans une pénombre remplie de choses qu'elle trouvait belles et qu'elle pouvait à peine apercevoir. Un jour, prenant son courage à deux mains, Maria lui avait demandé pourquoi. Ti-Lou avait répondu :

« Ça ressemble à ma vie. C'est plein d'affaires que je tiens dans le noir mais que je sais qu'y sont là. »

Pas d'autres explications. Maria avait dû se contenter de cette réponse sibylline.

Et quand la Crise de 1929 s'était déclarée, Ti-Lou avait cessé de dépenser son argent en choses inutiles, comme elle l'avait promis.

Un seul endroit du vaste appartement était bien éclairé. À côté de son fauteuil favori, dans le salon, Ti-Lou avait installé une lampe torchère munie d'une ampoule de cent watts. Un faisceau de clarté, un rond de lumière dans le noir. Pour lire. Sa grande passion depuis qu'elle avait pris sa retraite. Les rayons de la bibliothèque, derrière le fauteuil, s'étaient petit à petit garnis au fil des années. Elle adorait les grandes sagas du dix-neuvième siècle, elle avait dévoré les vingt tomes des Rougon-Macquart d'affilée, un par semaine pendant cinq mois, une partie de la *Comédie humaine* dont elle n'appréciait pas toujours le style vieillot et alambiqué, les gros pavés de Hugo – *Les misérables*, *Notre-Dame-de-Paris* et même *Les travailleurs de la mer* dont le sujet ne l'intéressait pourtant pas beaucoup. Le libraire de l'avenue du Mont-Royal lui avait parlé de Proust auquel elle n'avait cependant pas encore osé s'attaquer, de peur de ne pas le comprendre. Pour passer l'hiver, elle a commandé *Guerre et paix*, *Anna Karénine* et *Les frères Karamazov*. La Russie après la France. Le libraire l'a prévenue que Tolstoï et Dostoïevski n'étaient pas plus faciles à lire que Proust, elle a simplement répondu que la tête de Proust ne lui revenait pas. Pour elle, des cernes sous les yeux étaient une preuve chez les hommes de manque de sexualité. Elle avait l'impression que Proust devait sentir le suri.

Les soirs où Maurice Trottier, qu'elle appelait encore son prince Charmant, venait lui rendre visite, elle allumait toutes les lumières de la maison pour donner une certaine impression de clarté. Il relevait quand même souvent le fait qu'il faisait trop sombre dans l'appartement, qu'elle allait s'user les yeux. Ce à quoi elle répondait :

« Avec tout c'qu'y ont vu, si mes yeux avaient eu à s'user, ça serait fait depuis longtemps… »

Il avait peur qu'elle étouffe dans ce bric-à-brac qu'il trouvait à la fois incommodant et intimidant, elle disait que c'est dans ses bras qu'elle voulait étouffer, s'adressant ainsi à son orgueil de mâle pour le faire taire et y réussissant chaque fois. Et c'était dans la semi-pénombre qu'ils faisaient l'amour.

Elle n'avait pas caché longtemps son passé à son cavalier. Elle craignait qu'il l'apprenne autrement – après tout il était policier – et se disait qu'il le prendrait mieux si l'information venait d'elle.

Le soir de sa confession – minimisant les risques, elle avait revêtu sa robe de nuit la plus révélatrice, une chose légère et diaphane qui semblait n'exister qu'à peine –, son récit terminé, Maurice avait pris sa main et avait dit :

« Ce qui est arrivé à Ottawa est arrivé à Ottawa et est resté à Ottawa. »

Point final. Pas de discussion, pas de critique.

Ti-Lou s'était dit que c'était trop beau, qu'un homme comme lui ne pouvait pas exister, que ça devait cacher quelque chose. Non. Au fil des mois, maintenant des années, elle avait appris à apprécier ce beau cavalier qui lui était tombé du ciel dès son arrivée à Montréal comme un cadeau de bienvenue et qui avait choisi d'oublier ou, plutôt, d'ignorer son passé. Il était carré de physique et d'esprit, ne se perdait pas en conjectures inutiles et vivait le moment présent en profitant de tout ce qu'ils pouvaient s'apporter l'un l'autre.

Parce qu'il l'aimait ?

Ça, elle n'osait pas le penser.

* * *

Il fait trop chaud dans le salon. Maria a déjà enlevé la veste de laine qu'elle portait sous son manteau d'hiver, mais même en petite robe de coton elle se sent suffoquer. Frileuse depuis toujours, Ti-Lou a installé dans la pièce deux chaufferettes d'appoint qui doivent lui coûter une fortune en électricité. Ajoutée à la chaleur que diffuse déjà le gros calorifère de métal placé devant la fenêtre, la chaleur qui en émane, sèche et à l'odeur de vieille poussière brûlée, plonge la pièce dans une touffeur difficile à supporter.

«J'espère que tu trouves pas qu'y fait trop chaud, hein?»

En parlant, Ti-Lou a remonté sur ses genoux la couverture de laine qui ne la quittera pas de l'hiver.

«Ben oui, justement… T'as toujours été frileuse, Ti-Lou, mais là ça a pus de bon sens!

— Veux-tu, j'vas te dire une chose. Chus même pas sûre d'avoir si froid que ça. C'est juste que… Tu vas rire… J'sais pas… j'ai vécu déshabillée tellement longtemps que ça me rassure de me plonger dans la chaleur…

— T'avais froid quand…

— Ben non. C'est pas ça que je voulais dire. L'hôtel a toujours été ben chauffé. C'est pas ça. Je suppose que ça s'explique pas… Mais… Je sais pas… On dirait que j'me couvrirai jamais assez, comprends-tu… Va pas penser que c'est du remords à cause de mon métier, là, c'est pas ça. Répète pas ça à personne, mais quand j'ai ben chaud j'me sens protégée… C'est fou, hein?

— Mais quand Maurice vient te voir, y fait chaud comme ça?

— Ben non, justement. Quand Maurice vient, j'éteins tout ça… pis j'ai pas froid, c'est ben pour dire, hein? Même si lui y trouve pareil qu'y fait chaud… Noir pis chaud! J'me demande ben pourquoi y vient encore me voir!

— T'es une belle femme, Ti-Lou.

— Chus encore une belle femme, nuance.

— Commence pas avec ça…

— Les Français ont une expression pour ça: de beaux restes. Quelle horreur! Être comparée à des restes!»

Ti-Lou esquisse un geste de la main comme pour chasser, une fois de plus, la notion de vieillissement et tout ce qu'elle comporte d'épouvante et d'humiliation.

« Imagine si y arrivait là, là, à l'improviste… Y me trouverait folle certain ! »

Elle a rougi.

Maria prend un biscuit dans l'assiette posée sur un petit pouf entre leurs deux fauteuils.

« Si je comprends ben, faudrait qu'y vienne rester avec toi pour te guérir de tout ça…

— Y en est pas question ! C'est comme toi avec monsieur Rambert, chacun sa maison, chacun ses affaires. Pis tu vois, ça dure depuis cinq ans, pis toi, quoi, quinze ans ?

— Qu'est-ce qu'y dit de tout ça, Maurice ? La même chose que monsieur Rambert ? Y me semble qu'un policier, ça doit pas souffrir en silence…

— Y dit rien. On a jamais parlé de ça. On est tou'es deux ben indépendants, j'suppose… Pis, où est-ce qu'y mettrait son cheval ? »

Elle rit, puis rejette la couverture, se lève péniblement de son fauteuil.

« Mais… Tu dois ben te douter que c'est pas pour parler de ça que je t'ai demandé de venir… J'voulais pas te parler de ça au téléphone.

— T'en vas-tu à la salle de bains ? As-tu besoin d'aide ?

— Non, non. Y faut juste que je me dégourdisse un peu… Pendant que j'ai encore mes deux jambes. »

Maria a sursauté et s'est levée à son tour.

« Pourquoi tu dis ça ? As-tu eu des mauvaises nouvelles ? »

Ti-Lou sort dans le corridor, marche jusqu'à la cuisine en boitillant, revient.

« C'est pas parce que je veux te faire attendre, Maria, c'est juste que quand chus trop longtemps sans marcher, ma jambe me fait souffrir. Même la nuit, faut que je me lève…

— Ça doit inquiéter Maurice…

— Maurice dort dur. Tant mieux. »

Elle se laisse tomber dans son fauteuil, remonte la couverture, allume la lampe torchère qui jette sur elle un éclairage cruel. Maria peut enfin juger du changement qui s'est produit chez sa cousine depuis sa dernière visite. Les yeux cernés, la peau mate, les nouvelles rides au coin des yeux. Les joues, qu'elle avait si hautes, des pommettes d'actrice, sont retombées, le cou s'est flétri.

« Demande pas pourquoi y fait si noir dans' maison. Si je montrais ça à Maurice…

— Maurice sait pas…

— Y le sait pour le diabète, oui, pour le danger qui me guette. Y le sait pas pour ce que chus en train de devenir. Dans la demi-obscurité, j'peux encore faire illusion, Maria, mais au grand jour… C'est pour ça que je t'ai appelée. Si tu peux pas, c'est pas grave, j'vas m'arranger autrement, j'prendrai un taxi tu-seule… Mais si tu pouvais… J'ai hésité jusqu'à la dernière minute pour te le demander… J'vas avoir mes résultats finaux demain, c'est demain qu'y vont me dire si y faut une intervention… Pis je veux pas y aller tu-seule. Tu travailles le soir… Pourrais-tu m'accompagner, demain matin ? C'est loin, c'est sur la rue Drummond en bas de Burnside… »

Maria reste silencieuse, yeux grand ouverts. Elle ne trouve pas les mots pour exprimer son horreur, sa compassion, la boule de tendresse et de pitié mélangées qui vient d'éclater dans son cœur.

« J'te l'ai dit, si tu peux pas, j'peux m'arranger autrement…

— Non, non, c'est pas ça…

— Si tu cherches des mots pour me consoler, laisse faire. Y en a pas. Chus pas consolable. Dis juste oui ou non.

— Ben oui, j'vas y aller. Ben oui. T'aurais pu me le demander au téléphone, tu sais.

— Non. Pas au téléphone. Pis en pleine lumière. J'veux que tu saches dans quoi tu t'embarques pis je voulais voir dans tes yeux si t'étais sincère. Dis-moi qu'y a pas juste de la pitié dans ta réponse, Maria. »

Maria se penche, prend la main de Ti-Lou en évitant de frôler sa jambe malade.

« Y a pas juste de la pitié, Ti-Lou. On a trop traversé d'affaires ensemble pis chacune de notre bord pour qu'y aye juste de la pitié… »

Lorsqu'elle arrive au magasin de chaussures, quinze minutes avant l'ouverture, Teena trouve Édouard appuyé contre une vitrine.

«T'es pas obligé d'arriver avant moi, Édouard... C'est pas ça que je voulais dire, hier...»

Est-elle tombée sur quelqu'un de plus ponctuel qu'elle? Alors que la veille elle l'avait pris pour un lambin?

«J'voulais pas arriver trop de bonne heure, non plus. J'ai réussi à pogner le petit char 52 qui m'a amené directement ici... Mais ça a été trop vite, c'est pour ça que chus arrivé avant le temps.»

C'est une belle journée de décembre, l'air est doux, on se croirait fin mars. Le problème est que la neige a commencé à fondre au lever du soleil et que la gadoue règne partout où on jette les yeux. Des flaques de boue noirâtre recouvrent rues et trottoirs et, si on ne fait pas attention où on met le pied, on risque vite de se retrouver les bottes salies pour la journée et le revers du pantalon ou le bas de soie mouillé.

En sortant de chez lui, énervé et terrorisé à l'idée d'arriver en retard à sa première journée de travail, Édouard a donc essayé d'attraper le tramway numéro 52 – qui monte le boulevard Saint-Laurent jusqu'à Mont-Royal avant de tourner à droite pour se rendre au terminus situé rue d'Iberville –, évitant ainsi de trop patauger dans la boue froide. Le tramway s'arrête juste devant chez Giroux et Deslauriers. Mais seulement toutes les soixante minutes. Édouard est donc arrivé un peu trop tôt au coin de Fabre et Mont-Royal. Le prochain tramway l'aurait mis en retard.

« Demain, j'vas prendre mes deux p'tits chars. J'vas être plus capable de calculer mes affaires… »

Il arbore un chapeau neuf qui remplace la tuque tricolore qu'il portait la veille. Si ça fait moins petit garçon, ce n'est tout de même pas au goût de Teena qui fait un bruit de langue en déverrouillant la porte de la boutique.

« Franchement, t'aurais pu acheter un plus beau chapeau que ça ! Hier, t'avais l'air d'un enfant, aujourd'hui, t'as l'air d'un petit vieux ! »

Édouard lance un soupir d'exaspération.

« Qu'est-ce que ça peut ben faire, le chapeau que je porte ! Les clients le verront pas ! »

Elle se retourne vers lui en poussant la porte.

« Non, mais moi j'vas le voir ! Y te fait pas, c'te chapeau-là, Édouard !

— Je l'ai acheté avec votre argent !… pis y en reste pus.

— À côté ?

— Oui.

— On ira le changer pendant notre heure de dîner. Y me connaissent, y me refuseront pas ça. On va t'en trouver un mieux pour toi. En attendant, y faut qu'on commence notre journée. »

Il fait froid dans la boutique. Et humide. Les propriétaires exigent que Teena garde le chauffage au minimum, la nuit, juste assez haut pour que les tuyaux d'eau ne gèlent pas. Elle a beau leur expliquer que ce sont des économies de bouts de chandelles, que le magasin prend des heures à se réchauffer chaque matin, que ça coûterait moins cher de garder une chaleur égale tout l'hiver, la nuit comme le jour, ils ne veulent rien entendre et il arrive à la vendeuse, surtout en janvier et en février, de passer ses premières heures de travail son manteau sur le dos. Elle l'enlève quand se présentent des clients, mais ils s'en aperçoivent et certains d'entre eux la plaignent à haute voix. Elle hausse les épaules en prétendant couver quelque chose, un rhume ou une grippe. Eux ne sont pas dupes, même s'ils font semblant de la croire.

« Les switchs sont au fond du magasin, à côté des toilettes. Fais un peu de lumière, on voit rien ici-dedans… Mon Dieu qu'y fait froid ! »

Elle le regarde s'éloigner en dandinant vers le fond de la boutique. Elle a passé une partie de la soirée, la veille, à se demander si elle a fait un bon choix, si elle ne l'a pas engagé juste pour plaire à sa sœur et rendre service à cette femme, concierge par obligation, qu'elle ne connaît pas beaucoup mais dont Maria lui a raconté les misères. A-t-elle vraiment envie de passer huit heures par jour avec ce gros adolescent qui n'a jamais rien fait de sa vie et qui pourrait se révéler être très mauvais vendeur ? Et aura-t-elle le cœur de le congédier s'il ne fait pas l'affaire ?

Elle hausse les épaules. Lui ou un autre… Les vendeurs d'expérience coûtent plus cher, lui résistent parce qu'elle est une femme et veulent faire à leur tête, ça n'est guère mieux.

Quand on l'a nommée gérante de Giroux et Deslauriers – ce qui ne signifiait pas grand-chose puisqu'elle n'aurait qu'un employé sous ses ordres –, elle s'est sentie importante, elle a redressé la tête et ajouté un peu d'énergie dans sa démarche. Elle a cependant vite déchanté lorsqu'elle s'est rendu compte que son assistant – on lui avait trouvé un titre ronflant à lui aussi – n'acceptait pas qu'on ait nommé une femme gérante de l'établissement et qu'il préférait partir plutôt que de travailler sous ses ordres. Et tous ceux qu'elle avait engagés depuis, même monsieur Villeneuve qui lui avait d'abord semblé si gentil et si doux, ont eu le même problème. Ils ne le disaient pas tous, trouvaient parfois des prétextes ridicules pour quitter la boutique, mais Teena savait pourquoi, au bout de quelques mois ou de quelques semaines, ils arrivaient un bon matin avec une excuse quelconque pour la laisser en plan.

Elle n'a pourtant pas l'impression d'être une patronne difficile. Mais voilà, elle est justement *une* patronne, là se trouve le problème.

Elle a parlé à la direction de prendre une jeune fille comme assistante, elle s'est fait répondre qu'il n'était pas question de laisser deux femmes seules dans la boutique. Ce n'est pourtant pas Édouard qui pourra la défendre si par hasard un bandit entre chez Giroux et Deslauriers!

Est-ce qu'elle a engagé ce présumé *vieux garçon* parce qu'elle sent qu'elle peut le mettre à sa main, qu'il n'aura pas la force ou le courage de lui résister, au contraire des autres qui lui tenaient presque toujours tête?

Peut-être bien.

Sans doute, même.

Les lumières s'allument, les casiers remplis de souliers sortent de l'obscurité, les fauteuils d'essayage, les petits bancs que les vendeurs n'utilisent pas toujours parce qu'il est plus facile de s'accroupir aux pieds des clients que de s'asseoir devant eux.

Édouard a enlevé son manteau et la regarde.

Elle fige devant lui. Elle ne sait pas quoi lui demander, quoi lui commander.

Puis la clochette tinte au-dessus de la porte.

Quelqu'un vient d'entrer.

Si tôt?

Qui achète des souliers à neuf heures du matin?

C'est le son qu'elle attendait depuis quelques minutes. Il doit être dix heures moins quart. Elle reste penchée derrière le présentoir où elle achève de placer les biscuits qu'elle vient de déballer, une nouveauté bien tentante appelée *Marshmallow Dreams* – biscuit à la vanille, guimauve verte ou rose, au choix, noix de coco –, à laquelle elle n'a pas encore osé toucher parce que la patronne est toujours dans l'arrière-boutique. Mais aussitôt que madame Guillemette aura quitté la biscuiterie pour se rendre à la banque, Béa va, selon son expression, *tester* les biscuits, un de chaque couleur, pour pouvoir les vanter auprès des clients. Ou les leur déconseiller. Une excuse parfaite, défendable et bien commode qui lui sert depuis des années. Madame Guillemette n'est pas dupe et la laisse faire parce que, avec le temps, elle est devenue une goûteuse experte à laquelle elle peut se fier. Béa ne se trompe jamais. Madame Guillemette continue à acheter les biscuits que sa vendeuse aime et répudie sans remords ceux qui ne lui plaisent pas.

En attendant, quelqu'un tousse dans son poing pour attirer son attention et elle sait que lorsqu'elle se redressera, elle sera rouge comme une tomate. C'est l'effet qu'a sur elle cet Arthur Liasse qui, depuis près de deux mois, trouve tous les matins un prétexte pour venir acheter n'importe quoi et lui faire un brin de cour.

Ça, le brin de cour, elle essaie de ne pas trop y penser, de peur de le prendre au sérieux et de se faire des idées. Il est évident qu'Arthur la trouve de son goût – il lui a plusieurs fois dit qu'elle était ragoûtante –, de là, cependant, à se mettre à rêver que ça pourrait aller plus loin... Elle préfère ne pas être trop optimiste ou trop rêveuse et éviter des déceptions.

« Faut-tu que je vous chante le Ô Canada pour que vous vous occupiez de moi, mademoiselle Rathier ? »

Jouer l'indépendante ? Le faire poireauter, juste un petit peu ?

Pourquoi pas.

« Excusez-moi, monsieur Liasse, mais y faut que je finisse d'installer mes biscuits...

— J'travaille dans un quart d'heure, j'ai pas ben ben le temps d'attendre...

— C'est vrai, excusez-moi. »

Elle se redresse trop vite, sent venir un de ces étourdissements qui lui gâchent la vie depuis quelque temps – sa mère, ses sœurs, son frère lui disent qu'elle mange trop et qu'elle ne fait pas assez d'exercice –, s'appuie contre l'éventaire. Arthur fait le tour du présentoir vitré et la prend par les épaules.

« Êtes-vous malade, mademoiselle Rathier ? On dirait que vous allez perdre sans connaissance... »

Elle le repousse, pour la forme parce qu'elle aimerait bien qu'il garde ses mains sur ses épaules et même, elle doit bien se l'avouer, qu'il l'attire encore plus près de lui.

« Non, non, c'est correct, j'ai grouillé trop vite. »

Elle tourne la tête dans sa direction. Les beaux yeux verts. Elle n'a jamais vu des yeux aussi verts. Et aussi beaux.

Il approche son front de celui de Béa.

«Qu'est-ce que vous diriez si je vous embrassais?»

Elle répond sans hésitation, comme si elle n'attendait que ça. De fait, elle n'attendait que ça.

«Essayez, vous verrez ben!»

Ça y est, il l'embrasse. Bouche fermée, presque pincée, timide, une tentative de baiser plutôt qu'une démonstration adroite. Il n'a peut-être pas plus d'expérience qu'elle.

C'est donc là que menaient toutes les soirées qu'elle a passées à écouter des radioromans ou à lire des magazines français ou américains en rêvant non pas d'un prince Charmant, elle sait que les princes Charmant sont des inventions pour faire fantasmer les jeunes filles – sa mère dit que c'est aussi pour faire vendre des robes de mariée –, non, mais d'un simple jeune homme, comme lui, comme Arthur Liasse, avec son nom à coucher dehors et son haleine de cigarette, quelqu'un qui la remarquerait, qui s'occuperait d'elle, pour qui elle serait importante. L'amour fou? Si possible, oui, sinon elle se contentera d'une grande affection. Dans une grande maison pleine d'enfants.

Ça goûte un peu la cigarette. Ce n'est ni agréable ni désagréable. C'est en fait un peu décevant. Mais c'est mieux que rien.

Elle le repousse, replace ses cheveux qui n'ont pourtant pas bougé.

«R'tournez donc derrière le comptoir, monsieur Liasse, c'est ça votre place, pas ici!»

Il tousse dans son poing, s'éloigne. C'est lui à présent qui est rouge comme une tomate. Le baiser lui a-t-il fait plus d'effet qu'à elle?

«J'vas faire un spécial, à matin, j'vas prendre deux gâteaux royaux.»

« Tourne-toi pas, y vient d'entrer. »

Alice se penche sur la caisse, fait mine de compter l'argent.

Pas encore lui !

Le restaurant Geracimo est presque désert à cette heure-ci. Le coup de feu du petit-déjeuner est terminé, il reste une bonne heure et demie avant la cohue des fous du midi qui envahissent la place dans une affolante cacophonie et qui exigent d'être servis rapidement parce qu'ils n'ont que peu de temps pour manger. C'est le moment où les serveuses peuvent se reposer en jasant, en pliant des serviettes de papier, en fumant des cigarettes. Et en reposant leurs jambes fatiguées. Les plus vieilles se plaignent de leurs varices – conséquence inévitable, prétendent-elles, des milliers de pas qu'elles font chaque jour, bon an mal an, sur un plancher trop dur –, les plus jeunes en profitent pour retoucher leur maquillage. Et quand midi approche, elles se dispersent en piaillant à travers ce qu'elles appellent *le plancher* avant d'aller se poster dans la section qui leur a été assignée pour la journée.

« Y s'est assis à une de tes tables… »

Alice referme le tiroir de la caisse en sacrant.

« Comment y fait pour savoir tous les jours dans quelle section je travaille ? Pour moi, y doit avoir une espionne dans le restaurant ! Y doit payer quelqu'un, ça a pas de bon sens ! »

Claudette, une bonne grosse fille que tout le monde aime, toujours plus fatiguée que les autres serveuses à cause de son poids, confidente de tout le monde, détentrice par le fait même des secrets les plus intimes de tout ce que vivent ces femmes qui doivent travailler pour gagner leur vie et qui ne l'apprécient pas toujours, celle que certains clients appellent aussi ma tante parce qu'ils la connaissent depuis longtemps, recule de quelques pas, jette un coup d'œil dans la direction du nouvel arrivé.

« C'est vrai que c'est curieux… »

Alice prend son calepin, son crayon – elle n'a pas le choix, le client est dans sa section, elle est obligée de le servir – et emprunte l'allée qui mène au fond du restaurant. Elle est convaincue que quelqu'un, une des serveuses ou le gérant de l'établissement, fait un signe discret à cet homme dérisoire chaque fois qu'il entre dans le restaurant pour lui indiquer où s'asseoir. Tous les matins, à dix heures pile, il stationne devant la porte du Geracimo le gros camion qu'il conduit pour une compagnie de fabricants de meubles et s'installe dans la section où travaille Alice pour boire un café en mangeant les fameux pancakes au sirop d'érable, la spécialité de la maison, le matin, le *pepper steak* étant celle du soir et le *hot chicken* celle du lunch. Il n'a encore rien dit à Alice de l'intérêt qu'il lui porte, mais elle sent à ses regards insistants et à la rougeur de son cou, quand elle s'approche de lui, que d'un matin à l'autre il va franchir le pas et lui dire ce qu'elle ne veut pas entendre. Il ne l'intéresse pas. Pas du tout.

Elle ne veut pas être impolie avec lui – de toute façon elle n'en a pas le droit –, elle sait cependant qu'elle va le virer de bord de façon définitive et peut-être pas diplomatique s'il lui fait une remarque trop flatteuse ou s'il lui demande, ce serait le pire, de sortir avec lui un de ces soirs. Il est sans doute trop timide, elle ne veut cependant pas prendre de chance et s'est préparé, depuis quelques semaines, une ou deux phrases lapidaires qu'elle se souhaite le courage de pouvoir lui servir si l'occasion se présente. Après tout, elle n'aura peut-être pas à le faire s'il est aussi timoré que ses agissements le suggèrent…

Il fait mine de lire le menu.

Elle a envie de lui donner une claque derrière l'oreille. Elle sait très bien, et lui aussi, qu'il va commander la même chose que d'habitude.

« La même chose que d'habitude ? »

Il relève la tête brusquement, plus rouge, si la chose est possible, qu'à l'ordinaire.

« Pourquoi pas ! Pourquoi je changerais, c'est tellement bon… »

Il veut enchaîner, ajouter quelque chose, elle ne lui en laisse pas le temps et s'éloigne en faisant résonner ses talons sur le terrazzo. Elle vient peut-être d'éviter ce qu'elle craignait depuis un moment et lance un soupir de soulagement.

Juste avant de pousser les portes battantes de la cuisine pour aller porter sa commande, elle se tourne vers Claudette sans trop savoir pourquoi, peut-être pour lui faire compendre qu'elle s'en est sortie une fois de plus, et l'aperçoit, la maudite, la chienne, la baveuse d'hypocrite, qui fait un petit signe de connivence à son client. Elle se précipite sur elle, lui saute presque à la gorge.

« C'est toi, hein, ma maudite ! »

Claudette sursaute puis lève les bras pour se protéger, comme si Alice allait la frapper.

« C'est moi quoi ? Qu'est-ce que j'ai faite, encore !

— Tu y faisais des signes ! Tu y faisais des signes !

— À qui, ça ? À qui je faisais des signes ?

— Ben à lui, c't'affaire, à mon client !

— Des signes ! J'y faisais pas de signes…

— Essaye pas ! J't'ai vue !

— J'y faisais pas de signes ! J'y ai souri parce qu'y m'avait souri, mais j'y faisais pas de signes ! T'es ben folle !

— J't'ai vue !

— Tu m'as vue y sourire ! J'ai le droit de sourire au monde, non !

— Ben pas à lui ! Pis viens pas me dire que c'tait pas un signal !

— Un signal de quoi ! Un signal pour quoi ? Que c'est que tu veux dire ?

— Tu le sais très bien ! Si jamais j'apprends, Claudette Boulianne, que c'est toi qui y montrais où s'asseoir tou'es matins pour que je le serve, j'te crève les deux yeux avec ton crayon à mine !

— Qu'est-ce qui se passe, icitte, là ! »

Jean-Guy Gagnon, le gérant de jour, est un homme avec qui on ne discute pas. Son ton péremptoire et les menaces voilées toujours présentes dans tout ce qu'il dit ont calmé plus d'un différend depuis qu'Alice travaille chez Geracimo. Les filles ont peur de lui comme de la peste. Cette fois, pourtant, Alice ne désire pas que le différend soit réglé à l'amiable, que les deux parties, Claudette et elle, se sentent assez menacées par ses regards assassins ou ses paroles imprécises, mais dont on sent qu'ils sont dangereux, pour se tendre la main et promettre de ne pas recommencer.

«On vous entend crier jusqu'à la porte d'entrée du restaurant! Pensez-vous que les clients vont rester icitte si y voient deux waitresses en train de se crêper le chignon? Ben non, y vont traverser au Select, en face, pis on les reverra jamais!»

Claudette lisse sa jupe, replace son tablier.

«C'tait pas grave. C'tait déjà fini. Excuse-nous, Jean-Guy.

— J'espère que c'tait fini! Parce que vous pourriez vous retrouver sur le trottoir tou'es deux pour régler vos problèmes, pis y aurait dans la vitrine, juste pour vous deux, une belle pancarte qui dirait FERMÉ DI-FI-NI-TI-VE-MENT! Compris?»

Alice fulmine. Elle ne veut pas faire comme si de rien n'était juste pour éviter de se faire mettre à la porte du Geracimo. Elle sait aussi que son emploi est précieux, que des centaines de jeunes filles voudraient se voir à sa place, que sa mère lui ferait encore une de ses crises si elle revenait à la maison sans job, elle sait tout ça, elle ne veut pas que ça se produise, il faudrait, pour éviter toute séquelle fâcheuse, qu'elle se retourne, qu'elle fuie vers la cuisine pour aller donner la commande de son client au cuisinier, mais elle reste en plan, raide comme une barre, des veines bleues sont apparues dans son cou et d'autres lui barrent le front.

Se retenir! Comment faire pour se retenir!

Claudette et Jean-Guy la regardent, s'attendant sans doute à ce qu'elle explose d'un moment à l'autre.

Non.

Ils seraient trop contents de se débarrasser d'elle. L'autre, là, le grand escogriffe qui l'a prise en grippe aussitôt qu'elle a mis les pieds dans le restaurant, et

Claudette, la traîtresse, la vicieuse qui convoite pro-bablement sa place. Alice se passe une main dans le visage. Ben non. La paranoïa, encore! Personne ne la déteste, personne ne convoite sa place, tout ça est dans sa tête. Quand elle se fâche, elle voit rouge et perd tout sens de la mesure devant ce qu'elle est en train de vivre. Ça lui a coûté assez d'emplois, depuis ces dernières années, et des intéressants, il ne faut pas que ça recommence. Que ça la reprenne. Que ça lui coûte encore une fois une job.

Elle prend une grande respiration, regarde Claudette en pleine face.

«On va dire que j'te crois. Mais si j'apprends que j'avais raison, j'te fais avaler ton tablier, ton calepin, ton crayon pis ta coiffe de waitress! En attendant, j'vas aller faire préparer les pancakes au sirop d'érable du grand insignifiant!»

Elle fait quelques pas en direction de la porte de la cuisine, revient vers sa collègue de travail.

«Pis si y est assis dans ma section demain matin, même si ça me coûte ma job, j'vous grimpe dans' face à tou'es deux! J't'ai dit, Claudette, que j'en veux pas de cavalier ces temps-ci, que j'en ai assez des hommes, y me semble que c'est clair!»

Édouard n'a jamais vu un homme aussi bien habillé.

Tout est parfait chez lui, du chapeau de feutre au pantalon bien pressé, en passant par le manteau de gabardine et les gants de cuir souple beurre frais. Dans les magazines de mode qu'il consulte quand il le peut, les hommes sont rarement représentés en couleur, on a l'impression que tout homme chic s'habille en noir, en blanc ou en gris. Ou alors en beige ou en brun, les seules teintes qui reviennent de temps en temps dans les catalogues de vêtements.

Mais lui…

Son chapeau est gris, mais on dirait que c'est la seule concession qu'il a consenti à faire aux illustrations qu'on trouve dans les périodiques – de toute façon, un subtil reflet vert se fait sentir dans le tissu du couvre-chef quand l'homme bouge la tête –, la gabardine du manteau est d'un magnifique vert bouteille qui souligne le jaune pâle des gants, une minuscule fleur de soie plus orangée que rouge orne sa boutonnière, le pantalon, si Édouard avait à y mettre un nom de couleur, serait prune, et le foulard de soie vert d'eau, touche finale d'une grande finesse, est passé par-dessus l'épaule, comme dans les films français. Ce n'est plus un foulard, c'est un cache-col.

Un étranger perdu sur le Plateau-Mont-Royal? Un bon Canadien français qui veut faire oublier ses origines et qui fait tout pour ressembler à un Français? Un acteur! C'est peut-être un acteur! Il faut qu'Édouard écoute bien sa voix, il l'a peut-être entendue à la radio, dans un radioroman ou des publicités… Toujours est-il qu'il est superbe et qu'Édouard en reste bouche bée. Encore heureux qu'il soit au fond de la boutique et que le monsieur ne l'ait pas encore aperçu avec ses yeux grands comme des assiettes à soupe et sa bouche pendante.

«Mademoiselle Desrosiers, j'ai un problème!»

Superbe voix, en plus!

Teena s'est approchée de lui en se frottant les mains. Geste automatique d'une vendeuse qui sent venir la bonne affaire, ou bien a-t-elle encore les doigts gourds de froid? Ils se connaissent, et même bien, puisque le monsieur l'embrasse sur les deux joues avec un évident plaisir.

«Qu'est-ce que je peux faire pour vous, monsieur Lacroix?»

Lacroix? Ça ne dit rien à Édouard. Ce n'est donc pas un acteur. Et l'accent n'est pas français. Un homme d'affaires riche, ou un professionnel. Qu'est-ce qu'un avocat viendrait faire par ici? Et ce n'est pas un docteur, il n'a pas sa trousse avec lui.

Le client s'écrase dans un grand geste dramatique sur une des petites chaises d'essayage, tout en enlevant ses gants avec des gestes d'une folle élégance.

«Me sauver la vie, tout simplement.»

Une odeur étrange, suave et musquée à la fois, vient d'atteindre Édouard à l'autre bout de la boutique. Il voudrait s'y vautrer pour le reste de ses jours. Ses tantes et ses cousines sentent bon, même si parfois elles se servent de leur parfum avec un peu trop d'exubérance ; lui, cependant, l'homme chic au cache-col, baigne dans un effluve inconnu aussi enivrant que le gardénia de la tante Ti-Lou de Nana, mais différent : ça sent l'herbe coupée au lieu de la fleur, le sous-bois plutôt que le jardin. Édouard s'avoue le cœur serré que ça sent peut-être l'homme. L'homme propre.

« J'ai fait la gaffe de partir de chez moi en mettant mes simples claques de caoutchouc et mon pantalon est déjà mouillé presque jusqu'aux genoux… Vous n'auriez pas, je ne sais pas, quelque chose qui monte plus haut sur la jambe, ce que vous appelez des *rainettes* pour les femmes, avec des clips de métal qui se ferment sur le devant ? C'est laid, mais ça protégerait mon pantalon… »

Teena s'assoit sur le petit banc devant lui, lui retire ses caoutchoucs maculés de sloche qu'elle laisse tomber sur le plancher.

« Vous voudriez pas plutôt une belle paire de bottes d'hiver, monsieur Lacroix ? J'en ai reçu des nouvelles… Pis ça protège mieux de la neige… »

Il lève le bras en signe de protestation, premier vrai geste efféminé, et Édouard rougit tout d'un coup jusqu'à la racine des cheveux.

Un *vieux garçon* ! Un vrai *vieux garçon* !

« Je n'ai jamais trouvé une seule belle paire de bottes d'hiver à Montréal ! Je ne suis pas un *lumberjack* ! Non, je préfère porter des bottes de caoutchouc qui savent qu'elles sont affreuses et qui l'assument que des bottes de bûcheron qui gâtent sans rémission et je dirais de façon presque arrogante une silhouette calculée et peaufinée pendant des heures ! »

Attiré par l'odeur si particulière de cet homme étrange et par ses propos bizarres, Édouard s'est approché à petits pas.

En se levant de son banc pour se rendre dans l'arrière-boutique, Teena l'aperçoit.

«Oh, j'ai oublié de vous présenter mon nouvel assistant, monsieur Lacroix… Édouard, viens que je te présente.»

Monsieur Lacroix scrute Édouard des pieds à la tête sans tendre la main. Et ne semble pas du tout impressionné par ce qu'il voit.

«Où est-ce que vous êtes allée le pêcher, celui-là?

— C'est le garçon de la belle-mère de la fille de ma sœur…

— Ne continuez pas, vous allez me donner mal à la tête! En tout cas, j'espère qu'il va sentir meilleur que votre dernier assistant! J'avais l'impression de m'approcher d'un cendrier quand il était là!»

Édouard est tellement impressionné – et humilié d'être considéré comme une quantité négligeable – qu'il n'arrive pas à prononcer un seul mot.

Monsieur Lacroix éclate de rire.

«Dites-moi pas qu'en plus il est sourd-muet! S'il bégaye, mademoiselle Desrosiers, je vous demande immédiatement de le mettre à la porte!»

C'en est trop. Jusque-là Édouard admirait cette espèce d'arrogance, ce petit ton supérieur, ces gestes de grande dame chez un homme qui aurait pu être son père, mais la dernière remarque dépasse les bornes. Et le vase se renverse alors qu'Édouard ne savait même pas qu'il était plein.

Il pose ses poings sur ses hanches, comme sa mère quand elle veut dire ses quatre vérités à quelqu'un, et un flot de paroles sort de sa bouche avec une facilité qu'il ne se connaissait pas. Ça brûle presque en passant ses lèvres, il peut lire au fur et à mesure sur le visage de l'autre l'effet que ses mots produisent chez lui : le front, d'abord, qui se fronce, puis les sourcils, et ça descend ensuite au nez qui se plisse et à la bouche qui se pince comme chez une vieille pimbêche. Peu importe si ce qu'il dit lui fait perdre son emploi dès le premier jour – dans le feu de l'action, il profère même des choses qu'il ne pense pas –, il n'est pas question qu'il laisse un poseur le scruter comme une marchandise et le traiter de haut.

C'est la première manifestation de la duchesse de Langeais, l'Antoinette de Navarreins du Plateau-Mont-Royal, qui sommeillait en lui et qui n'attendait qu'une occasion comme celle-ci pour exploser, et le soulagement qu'elle lui procure pendant qu'elle se produit est une révélation.

«Aïe. Ça va faire, là! Un instant! Chus peut-être pas habillé comme une carte de mode pis j'ai peut-être pas les moyens de me payer des belles bottes de caoutchouc avec des clips de métal pour les attacher, mais chus du monde pis je veux être traité comme du monde! J'vas vous le montrer, moi, que chus ni sourd et muet ni bégayeux! D'abord, ça se fait pas de me regarder comme vous l'avez faite! Chus pas un torchon, chus un être humain, pis si vous voulez rire de moi arrangez-vous pour que j'm'en rende pas compte, attendez que j'aye le dos tourné! C'est mon premier matin, ici, pis le premier client qui se présente me traite comme si j'étais une guénille sale! J'risque ma nouvelle job en vous parlant comme je le fais, je le sais, mais tant pire, j'me laisserai pas faire! Pis si ma tante Teena veut me mettre à' porte, quand j'vas avoir fini, ça va me faire ben de la peine, mais j'vas quand même trouver que j'ai ben faite de vous répondre! Je sais pas pour qui vous vous prenez, un grand seigneur étranger ou ben donc un acteur de Hollywood, mais dites-vous ben qu'on devine tu-suite d'où vous venez quand vous ouvrez la bouche! Si vous étiez celui que vous prétendez être, vous seriez pas en train de vous acheter des *rainettes* chez Giroux et Deslauriers, mais des bottes de cuir chez Ogilvy! Je sais pas si vous mettez toute votre budget sur votre habillement, mais dites-vous ben que sorti du Plateau-Mont-Royal, vous auriez l'air d'un tout-nu!»

Il s'arrête pile. Il se retrouve tout d'un coup devant un vide complet, un trou noir s'est formé dans sa tête et la totalité de son vocabulaire lui échappe. Ainsi que l'usage de ses membres. Il reste immobile devant monsieur Lacroix et tout ce qu'il arrive à faire est de continuer à le regarder droit dans les yeux. Rien d'autre. Il fulmine, il voudrait développer ce qu'il vient de dire, être encore plus méchant, plus pertinent, plus… efficace, seulement la toute première intervention du personnage qu'il se crée depuis qu'il a lu le roman de Balzac s'est arrêtée en plein vol, quelqu'un a sorti une carabine, un coup de feu a dû éclater qu'il n'a pas entendu et il se tient en plein ciel, ailes déployées, avant de chuter vers le sol où l'attendent la honte et la mort. Abattu à bout portant au moment même de sa naissance! Quelle tristesse! Quoi faire? Sortir dans le froid en faisant claquer la porte et fuir se cacher dans les jupes de sa mère sans demander son reste?

Non, non, autre chose, il faut qu'il trouve autre chose avant que le silence qui est tombé dans le magasin de chaussures soit rompu. Il ne doit pas laisser ni sa tante Teena ni le détestable monsieur Lacroix prendre la parole!

Antoinette! Qu'est-ce que dirait Antoinette? Que ferait-elle? Il n'a pas le temps de réfléchir, il faut qu'il agisse, et vite ! Vite, la duchesse de Langeais à la rescousse !

Il pose la main sur son cœur, redresse la tête, ferme les yeux.

Et lorsqu'il parle, cette fois, une autre voix a remplacé la sienne, une grande légèreté s'est emparée de lui, il est devenu une carmélite déchaussée enfermée dans une citadelle des îles Baléares, et rien ni personne ne peut plus lui résister. Quelles que soient les conséquences de ce qu'il va dire. Dans un accent invraisemblable.

« Vous êtes un va-nu-pieds, monsieur, et vous le resterez. Vous ne méritez pas qu'on vous chausse. Je vous chasse ! »

Les yeux fermés, l'index pointé en direction de la porte, Édouard s'attend d'une seconde à l'autre à entendre le déclic de la guillotine, le glissement du couperet sur les rails de bois huilé qui se dirige droit sur son cou, le *chlac* déplaisant de sa tête qui se sépare du reste de son corps.

Rien. Pas un mot n'est prononcé. Si mademoiselle Desrosiers est raide comme une barre à côté de lui lorsqu'il ouvre les yeux après ce qui lui a paru s'étirer sur deux vies complètes alors que ça n'a duré que quelques secondes, monsieur Lacroix, pour sa part, tout en restant estomaqué par ce qu'il vient d'entendre, a esquissé un léger sourire et Édouard jurerait qu'il aperçoit un petit pétillement au fond de ses yeux.

Le client croise les jambes, joue avec ses gants de cuir beurre frais, les frappe sur ses genoux comme s'il battait la mesure. Même son pied taché de sloche suit le rythme.

« Si je ne vous avais pas déjà demandé où vous l'avez pris, votre singulier assistant, mademoiselle Desrosiers… »

Elle l'interrompt, le corps quasiment plié en deux. On dirait un vassal qui s'attend à se faire punir par son maître ou à être chassé à tout jamais de ses terres.

« J'espère que vous allez l'excuser, monsieur Lacroix, je savais pas qu'y pouvait être bête de même… »

Elle se tourne vers Édouard.

« Espèce de malpoli ! »

Monsieur Lacroix lève une main pour la faire taire.

« Ne l'engueulez pas, j'ai rarement rencontré quelqu'un qui avait un tel sens de la repartie… Ça serait plutôt un atout pour lui s'il arrivait à mieux le contrôler. »

Il se relève, s'approche d'Édouard qui s'éloigne de quelques pas, convaincu que monsieur Lacroix use d'un subterfuge pour le surprendre et lui donner la leçon qu'il mérite. Une claque bien placée, par exemple.

« Votre numéro de grande dame offusquée était remarquable, jeune homme. Vous l'avez beaucoup travaillé ? »

Édouard ne sait que répondre. Il ne va tout de même pas avouer que c'est la première fois que ça lui arrive, que jusque-là tout se passait dans sa tête, qu'il rêvait, qu'il imaginait des drames, qu'il bâtissait des tragédies sans fin dont il était l'héroïne, sans jamais imaginer trouver un jour le courage de s'adresser de cette façon-là et sur ce ton-là à quelqu'un ! Que c'était sorti tout seul. Et qu'il donnerait tout au monde pour que ce fâcheux incident n'ait pas eu lieu. Surtout que mademoiselle Desrosiers, là, sa tante, en tout cas sa parente, pourrait aller tout bavasser ! Faire pleurer sa mère encore plus, donner une raison supplémentaire à son père de hurler, la bouteille au bout du bras, non.

«Vous ne répondez pas. C'est difficile de parler de ces choses-là, vous avez raison. Je suis passé par là, moi aussi…»

Il sort un papier de sa poche, y écrit quelque chose.

«Vous connaissez le Paradise, sur la rue Saint-Laurent?»

Teena sursaute.

«Le Paradise? C'est là que ma sœur Maria travaille depuis quasiment quinze ans…»

Il se tourne vers elle, un grand sourire aux lèvres, comme si elle venait de dire la chose la plus merveilleuse du monde.

«Maria est votre sœur?

— Ben oui!

— Comme le monde est petit! C'est une femme formidable!

— J'comprends que c'est une femme formidable! Vous pouvez même pas vous douter à quel point c'est une femme formidable! Mais pourquoi vous demandez ça à Édouard?»

Monsieur Lacroix revient vers le jeune homme qui voudrait disparaître dans les lattes du plancher ou se sauver en courant.

«J'vous ai écrit l'adresse. Venez nous voir, un soir, on est un groupe euh… un groupe d'amis qui se réunissent là presque chaque soir après le souper…»

Teena pose une main sur sa manche.

«Y a pas vingt et un ans…

— Je suis convaincu qu'il peut facilement arriver à le paraître…»

Édouard n'aime pas qu'on parle de lui comme s'il n'était pas là.

«Pis pourquoi j'irais là?»

Monsieur Lacroix se rassoit, tend un pied vers Édouard.

« J'pense que vous trouveriez ça fort intéressant... Il y a une section réservée pour nous, quelqu'un va vous l'indiquer... En attendant, jeune homme, et si je suis vraiment votre premier client, allez me chercher des bottes de caoutchouc qui ont du bon sens ! »

La chose a été dite.

Ti-Lou a vu les mots s'écraser sur le bureau du docteur comme un crachat.

Maria a posé une main sur son bras. Elle ne l'a pas repoussée. L'a-t-elle seulement sentie?

Il faudrait qu'elle pleure, qu'elle hurle, qu'elle insulte quelqu'un, qu'elle démolisse tout ce qui se trouve dans le bureau, elle-même y compris, qu'elle devienne un tourbillon de rage, un ouragan dévastateur; elle reste immobile. Seuls un pli sur son front et un léger tremblement des lèvres témoignent de l'angoisse et de la fureur qui l'habitent.

« Ça va se faire quand? »

Le docteur referme le dossier de carton jaune où se sont accumulés au fil des années, écrits sur du papier officiel avec une encre bleue, les avertissements sévères, puis les menaces qu'il lui a servis et qu'elle a décidé d'ignorer, chaque jour qui passait étant pour elle une victoire sur le destin, haussant les épaules et répondant, arrogante et si belle, on verra, dans le temps comme dans le temps, c'est pas demain la veille ou, pire, ça arrivera peut-être jamais, pourquoi je m'inquiéterais? Un haussement d'épaules, un geste de la main, le froissement d'une robe de soie, et tout était oublié. Ou nié.

Et là, il vient de le dire. C'est officiel. C'est arrivé. Le moment est venu. Le docteur n'a pas mâché ses mots parce que ses avertissements, depuis quelques mois, étaient devenus plus péremptoires et ses menaces, on aurait dit, désespérées. Ti-Lou avait même eu à plusieurs reprises l'impression qu'il aurait eu envie de la secouer et de lui crier par la tête.

«Le plus vite possible. Avant que ça se gâte encore plus, que ça devienne encore plus dangereux. La gangrène, ça ne pardonne pas.

— Avant Noël ?

— Quand même pas. Début janvier. »

Elle ouvre son sac, en sort un mouchoir de dentelle lilas qui sent la fleur de gardénia avec lequel elle éponge les premières traces de larmes. Si elle arrive à se maîtriser, un petit rien pourrait la faire exploser, le docteur en est conscient.

«Dites-moi… euh… Je sais pas comment dire ça… Quand… quand j'vas avoir juste une jambe, j'vas me déplacer avec des béquilles, ça je le sais, mais… j'vas-tu pouvoir avoir une vie normale ?

— Oui, oui, vous allez pouvoir vous déplacer comme vous voulez, aller n'importe où sans problème, inquiétez-vous pas pour ça… Après une période d'adaptation, bien entendu…

— Oui, mais… C'est niaiseux de demander ça, mais… Ah, pis laissez donc faire…

— Non, non, allez-y, si je peux vous aider…

— Je sais pas comment dire ça, docteur… Quand je dis une vie normale, j'veux dire… Pour moi, une vie normale c'est impensable sans… sans la beauté. Ça se peut pas que j'me trouve belle après ça, vous comprenez, avec une jambe en moins pis deux béquilles…

Qu'est-ce que j'vas faire? Déjà que j'ai de la misère avec le vieillissement...

— Faut laisser le temps agir...

— Ah non, s'il vous plaît, servez-moi pas ce sermon-là! J'en ai moins de temps, là, si c'est trop long pour me faire accepter tout ça, mon corps va avoir encore plus vieilli, pis mon visage aussi! Qu'est-ce qui va me rester?

— J'peux rien vous répondre de plus, mademoiselle Desrosiers. Vous êtes une très belle femme, vous allez rester une très belle femme malgré tout ça...»

Elle est debout en moins de deux secondes, le sac tombe par terre, Maria se penche pour le ramasser.

«Vous comprenez rien! Une belle femme! Quand j'vas sortir de mon bain – d'abord, comment j'vas faire pour sortir de mon bain, hein? –, comment voulez-vous que j'me trouve belle avec un moignon! Avec un moignon à la place de la jambe, docteur! Avec un moignon à la place de la jambe! On sait ben, ça vous intéresse pas, vous! Votre job, c'est de me scier la jambe, de la mettre à la poubelle, pis après ça, arrange-toi avec tes troubles!

— Mademoiselle Desrosiers...

— Mademoiselle Desrosiers vous envoye chier, docteur!

— J'peux vous envoyer voir un spécialiste, après, qui va vous aider avec ces problèmes-là... C'est pas mon domaine, mademoiselle Desrosiers, j'ai pas le droit de me mêler de ça...

— Vous avez pas le droit de m'aider!

— À guérir, oui. À apprendre à vivre avec votre handicap. Pour le reste, c'est quelqu'un d'autre qui pourrait vous aider.

— J'veux pas quelqu'un d'autre! C'est vous que je veux! Vous me suivez depuis cinq ans! J'vous connais!

L'autre, celui que vous voulez m'envoyer consulter, j'le connais pas, je saurais pas quoi y dire! J's'rais obligée de tout recommencer, avec lui! J'ai pas envie de recommencer à conter ma vie à quelqu'un que je connais pas, êtes-vous capable de comprendre ça?»

Elle reprend son sac des mains de sa cousine, tourne le dos au docteur, se dirige vers la porte en boitillant.

«Il faut qu'on prenne un rendez-vous, mademoiselle Desrosiers. Il y a un protocole à suivre…

— Laissez faire le protocole! Vous m'appellerez chez nous, après-midi. J'ai pus le goût de parler de ça pour le moment d'à c't'heure.»

Elle laisse la porte ouverte, ne salue pas la secrétaire du docteur avec qui elle est pourtant toujours si gentille.

Le docteur s'appuie contre le dossier de son fauteuil.

Maria se lève à son tour.

«C'est moi qui vas répondre, après-midi. J'vas rester avec elle pour le restant de la journée.»

En se dirigeant vers le Drummond Medical Building tout neuf où elle a rendez-vous avec son médecin, Tititte Desrosiers croit apercevoir la silhouette de sa sœur Maria à une centaine de pieds devant elle. Elle est accompagnée de quelqu'un qui boitille. Leur cousine Ti-Lou ? Qu'est-ce qu'elles font dans ce quartier, elles qui ne sortent jamais de l'est de Montréal ? Ti-Lou aura eu à visiter son médecin, dont le cabinet se trouve dans le même building que celui du sien, et Maria aura décidé de l'accompagner... C'est tout de même un drôle de hasard.

Elle préfère ne pas les interpeller, il est déjà passé midi, et si elle s'attarde, elle n'aura pas le temps de manger avant de retourner travailler. Ogilvy est tout près, mais Tititte ignore combien de temps elle sera retenue dans le bureau du docteur Woolf. C'est vrai que si les nouvelles sont mauvaises, elle n'aura pas envie de manger...

Elle tire la lourde porte, secoue ses pieds sur le tapis de paille tressée pour en chasser la neige sale de la rue Drummond. Il fait chaud, tout à coup. Presque trop. Le chauffage central est sans doute encore réglé. Le gardien soulève sa casquette pour la saluer. Il sort de derrière son comptoir de bois et de métal Art déco, se précipite vers les ascenseurs.

« C'est bien au cinquième étage que vous allez, mademoiselle Desrosiers ? »

Ils sont bien stylés au Drummond Medical Building, tout le monde est poli, prévenant, ça sent le neuf et le propre, c'est chic sans être clinquant. On en oublierait presque les raisons de son existence…

En arrivant devant la porte du cabinet Woolf & Chapman, un frisson la saisit. D'ici quelques minutes, elle saura la vérité, le sort en sera jeté, son destin, sa vie, décidés, réglés. Un sursis ou non, la survie ou…

Le soulagement est tel qu'elle se met immédiatement à sangloter. Elle n'a pas le temps de piger un mouchoir dans son sac que les larmes lui mouillent déjà les joues et coulent dans son cou. Le docteur Woolf – il est plutôt rare qu'il ait à apprendre de bonnes nouvelles à ses clientes – est rose de plaisir.

« Je suis très heureux pour vous, mademoiselle Desrosiers. »

La conversation se fait toujours en français lors des visites de Tititte au docteur Woolf. C'est lui qui insiste. Francophile avoué dans une société, celle des anglophones de Montréal, où la plupart du temps tout ce qui est français est méprisé, il se fait un plaisir d'essayer son français le plus souvent possible, presque toujours avec ses clientes, et celle-ci, cette demoiselle Desrosiers, avec ses grands airs et sa façon un peu empruntée de s'exprimer lorsqu'elle s'adresse à lui – déférence ? peur ? –, lui plaît particulièrement. C'est une belle femme, elle sait se tenir, son discours est clair, ses propos vifs et intéressants, et elle sent divinement bon. Il sait qu'elle vend des gants chez Ogilvy et s'arrange assez souvent pour passer devant son comptoir – Ogilvy n'est qu'à quelques minutes de marche de son bureau –, pour avoir le plaisir de la saluer.

Elle se tamponne les yeux, se mouche, s'excuse.

«Vous n'avez pas à vous excuser, votre réaction est tout à fait normale. Vous vous attendiez sans doute au pire, tout ça vous arrive comme un cadeau…»

Elle replace son mouchoir dans son sac après avoir essuyé une dernière larme.

«Vous pouvez pas savoir. J'vivais pus depuis notre dernier rendez-vous… J'avais tellement peur…»

Il l'interrompt en soulevant le doigt.

«Excusez-moi, mais vous étiez ma dernière patiente de l'avant-midi. C'est l'heure d'aller manger et, au risque de paraître présomptueux… je me demandais si vous accepteriez de m'accompagner. On pourrait aller manger une soupe aux légumes – il dit *légoumes* et le cœur de Tititte saute dans sa poitrine – et un plum pudding juste à côté…»

Elle n'a plus la maîtrise de ses mains qui se mettent à s'agiter toutes seules. Elles ouvrent le sac, le referment, trottent sur ses cuisses, montent replacer des mèches de cheveux qui n'ont pas bougé. Elle a l'impression d'avoir seize ans et de se retrouver devant sa première demande de rendez-vous.

«Euh… euh… ça me ferait plaisir, docteur Woolf, mais vous comprenez, je travaille à une heure…»

Son bras, il n'a jamais été aussi rapide, s'approche trop près de ses yeux, elle ne peut pas lire l'heure sur sa montre. Il retombe tout seul, cette fois sans savoir où se poser. Il atterrit sur le bras du fauteuil avec un floc désagréable.

Ils sont aussi embarrassés l'un que l'autre et le silence qui suit est des plus gênants.

Il faudrait qu'il lui dise que la consultation est terminée ou bien qu'elle prenne l'initiative de se lever pour quitter le cabinet, aucun des deux n'ose cependant bouger.

Au bout d'un certain temps, ce qui leur a permis de rougir comme des adolescents timides de soixante ans, le docteur prend une grande respiration et se jette à l'eau.

« Alors peut-être que… »

Il tousse dans son poing, semble hésiter, se reprend.

« Peut-être que vous accepteriez de souper avec moi ? Qu'est-ce que vous faites, ce soir ? »

«C'est un acteur.

— Êtes-vous sûre? C'est ça que j'ai pensé en le voyant rentrer, mais sa voix me dit rien... son nom non plus.

— J'pense qu'y travaille pas beaucoup.

— En tout cas, si y était au radio, c'est sûr que j'aurais reconnu sa voix. J'connais tous ceux qui jouent dans les radioromans.

— Non, y fait du théâtre. À l'Arcade, avec les sœurs Giroux.

— Eux autres je les connais. Sont bonnes. Pis y font ben de la radio. Je reconnaîtrais leurs voix n'importe où... Surtout Germaine, on dirait qu'elle a toujours le rhume... C't'une drôle de voix, mais j'aime ça. J'essaye de l'imiter, des fois, juste pour le fun...»

Teena l'a regardé quelques secondes avant de continuer. Édouard a pensé qu'il en avait déjà trop dit – un jeune homme qui s'amuse à imiter la voix d'une actrice – et s'était tu.

«J'disais qu'y travaille pas beaucoup, tout à l'heure. J'me sus mal exprimée. Y travaille, mais nous autres on le connaît pas parce qu'y fait juste du théâtre. Y m'a déjà dit qu'y jouait une pièce par semaine! Imagine, apprendre une pièce complète par cœur toutes les semaines! Y répètent la pièce de la semaine suivante le jour, avant de jouer le soir celle qu'y jouent c'te semaine-là. C'est pas une vie. Mais y dit qu'y aime ben ça. Ma sœur Tititte est allée le voir jouer, une fois. A' m'a dit qu'y était bon mais qu'elle l'avait pas trouvé ben ben viril pour un héros. À un moment donné, y fallait qu'y se batte avec un autre homme pis y avait l'air d'avoir d'la misère… En tout cas, on est loin de Douglas Fairbanks, ça c'est sûr…»

Pas un seul autre client que Xavier Lacroix ne s'est présenté au magasin de chaussures entre dix heures et midi. Teena en a profité pour expliquer à Édouard ce qu'elle attendait de lui : recevoir les gens avec politesse, leur demander quel genre de chaussures ils désiraient voir, leur apporter ce qu'ils voulaient essayer, ne jamais, absolument jamais, passer de commentaires sur l'état de leurs pieds, des chaussures qu'ils portaient déjà et, surtout, des odeurs qu'ils dégageaient lorsqu'ils se déchaussaient. Et il y en aurait. Des dégoûtantes, des pires, des insupportables. La plupart étaient propres, bien sûr, mais ceux qui puaient pouvaient gâcher l'air du magasin pendant des heures. Il fallait donc assez souvent aérer la boutique. Hiver comme été. Et attendre que les coupables soient partis pour ne pas les froisser.

«Des fois, l'été, c'est pire. Parce que l'air circule pas. Quand y fait chaud, disons au mois d'aoûte, pis que ça pue, j'te dis que c'est quequ' chose! Faut respirer par la bouche… Ou ben fumer des cigarettes. Fumes-tu?

— Non. Ça coûte trop cher…

— Ben, laisse-moi te dire que tu vas t'y mettre ça sera pas long.

— Mais ça leur rendrait service de leur dire de se laver les pieds, non?

— Des fois, y se les lavent. Mais y puent pareil. C'est comme une maladie. J'sais même pas si y peuvent faire quequ' chose… »

Le petit laïus de Teena terminé, Édouard avait déclaré que le métier de vendeur de chaussures semblait facile. Elle avait répliqué d'attendre, avant de juger, de se retrouver devant une femme qui essaie des dizaines de paires de souliers – parfois par pur désœuvrement, pour passer le temps – et qui repart sans rien acheter en laissant la boutique sens dessus dessous. Et bizarrement parfumée.

« On a pas le droit de les engueuler ?

— T'es là pour les servir, pas pour leur crier des bêtises. Y réagiront pas toutes comme Xavier Lacroix ! Y veulent essayer des souliers, tu leur fais essayer des souliers. T'as déjà entendu l'expression *le client a toujours raison* ? Malheureusement pour nous autres, c'est vrai ! Si t'as de la misère avec ça, dis-lé tu-suite… J'ai vu tout à l'heure que t'avais tout un tempérament, pense pas que j'vas te laisser faire chaque fois que tu vas avoir envie de grimper dans le visage de quelqu'un, c'est pas la place, pis c'est pas *ta* place… »

Les descriptions de tâches bien expliquées, il avait promis tout ce qu'elle voulait en se disant qu'il n'allait certainement pas se laisser faire par des gens qui puaient des pieds. Il trouverait bien une façon de leur faire prendre conscience de leur problème…

Ils s'étaient ensuite installés dans des chaises d'essayage pour attendre d'éventuels clients et s'étaient mis à jaser de choses et d'autres. Teena, c'était évident, voulait en savoir plus à son sujet, il avait vite lu dans son jeu et était resté évasif. Jusqu'à ce que le sujet retombe sur Xavier Lacroix.

« C'est-tu son vrai nom, ma tante Teena ?

— Appelle-moi pas ma tante ici! D'abord, chus pas ta tante! Chus la tante de la femme de ton frère! Appelle-moi mademoiselle Desrosiers, comme tout le monde.

— C'est-tu son vrai nom, mademoiselle Desrosiers?

— Qui ça?

— Xavier Lacroix. Surtout Xavier. J'connais personne qui s'appelle Xavier.

— Ton père s'appelle Télesphore, Édouard. En connais-tu un autre?

— Tant qu'à ça. Si je m'appelais Télesphore Lacroix pis que je voulais être acteur, je chercherais un autre nom, vous avez ben raison... »

Elle se lève, pose ses mains sur ses reins, s'étire vers l'arrière.

« Vous avez mal aux reins?

— Chus vieille, Édouard, j'ai mal partout.

— Vous êtes pas si vieille que ça...

— Non, c'est vrai, chus pas si vieille que ça. Disons que chus usée. Quand t'arriveras à mon âge, j'espère que t'auras pus besoin depuis longtemps de vendre des souliers pour gagner ta vie...

— J'f'rai pas ça toute ma vie...

— C'est ce que je disais moi aussi... Pis regarde-moi, après toutes ces années-là... Qu'est-ce que t'aimerais faire?

— Chais pas. Peut-être répéter une semaine une pièce que je jouerais la semaine suivante, pis monter sur la scène, le soir, avec Germaine ou Antoinette Giroux...

— Rêve pas trop. Pis le temps que tu deviennes acteur, les sœurs Giroux risquent d'être mortes pis enterrées depuis longtemps...

— Rêver, ça fait passer le temps. Pis on sait jamais. Avec des connexions...

« — Tu penses que ça marche par connexions, devenir un acteur ?

— Pourquoi pas ! Faut courir après sa chance, faut pas attendre qu'a' se jette sur nous autres. »

Elle reste quelques secondes sans parler. Elle se penche pour ramasser un brin de quelque chose sur le plancher d'érable bien ciré.

« Tu vas y aller, hein ? »

Il a très bien compris à quoi elle fait allusion, mais il joue l'innocent.

« Où ça ?

— Au Paradise. Tu vas y aller ?

— Chus trop jeune.

— Mais ça te tente.

— Ça me tente d'aller dans les clubs comme tous ceux de mon âge, oui. J'ai hâte d'avoir vingt et un ans.

— Y a pas grand monde qui attendent d'avoir vingt et un ans…

— Pensez-vous que je pourrais avoir l'air plus vieux si je m'arrangeais un peu ?

— T'as pas besoin de t'arranger pour entrer dans ces endroits-là. Surtout au Paradise. Depuis qu'y a un nouveau propriétaire, ma sœur Maria dit qu'on rentre là comme dans un moulin.

— C'est vrai, votre sœur travaille là. J's'rais gêné de me présenter au Paradise en sachant qu'a' serait là…

— Voyons donc… Elle en a vu d'autres… Surtout depuis quequ' temps.

— Qu'est-ce que vous voulez dire ? »

Elle lui donne une tape sur les genoux.

« Tu vas le savoir si tu y vas. En attendant, c'est le temps de manger. As-tu apporté un lunch ?

— Ma mère m'a faite une sandwich aux olives cassées avec du fromage mou…

— J'ai jamais entendu parler de ça.

— C'est ben bon. Pis ça coûte pas cher. On prend un pot d'olives cassées, on en met sur du pain avec du beurre pis du fromage mou… Celui que j'aime, c'est le fromage Château au piment! Le pain s'imbibe, la sandwich devient molle… On en mange tous les vendredis. Aujourd'hui, c'est moi qui ai demandé à ma mère de m'en faire une parce que j'avais le goût…

— Ta mère te passe-tu toujours tous tes caprices?

— Pas mal, oui… Voulez-vous y goûter?

— Sais-tu, j'pense que j'vas passer mon tour… »

Une petite partie du magasin Rougemont – en fait le coin gauche du bâtiment en entrant – a été récemment transformée en restaurant, et chaque midi une trentaine de personnes s'entassent au comptoir en forme de W pour manger des hamburgers ou des hotdogs steamés livrés par des serveuses inexpérimentées au bord de l'hystérie. Ou avaler en vitesse le spécial du jour qui n'est jamais bon mais qui a la grande qualité de coûter vingt-cinq cents. Le reste de la journée, des acheteuses oisives se payent un sundae au caramel ou une frite molle et grasse avec du vinaigre. Ou une simple eau gazeuse. Qu'elles étirent le plus longtemps possible. Les enfants ne rentreront pas de l'école avant quatre heures et demie, le souper est encore loin…

Les vendeuses des sections avoisinantes – surtout celles du comptoir des parfums et des cosmétiques – se plaignent en vain de l'odeur de graillon qui imprègne leurs vêtements et leurs cheveux. On leur répond, en la personne du gérant que tout le monde déteste et qu'on appelle le gros Taillefer, que le restaurant est là pour rester parce qu'il attire la clientèle, ce qui, selon elles, reste à prouver. Parce qu'elles sont loin d'être convaincues qu'il y a plus de monde au Rougemont maintenant qu'avant l'ouverture du comptoir en forme de W. Ce qui ne les empêche pas d'y manger parce que c'est commode. Et pas cher.

Il est midi trente-cinq, Albertine et Madeleine sont penchées sur leur dessert, un Jell-O vert sans goût dans lequel on a jeté des fruits en boîte et qu'on a pompeusement baptisé *gélatine tropicale*. Madeleine y a ajouté un peu de lait, ce qui a soulevé le cœur de sa sœur qui le lui a dit sans mâcher ses mots. Madeleine, peut-être par bravade, prend son bol à deux mains pour gober le reste de Jell-O et de lait. En faisant du bruit avec sa bouche. Une autre petite provocation. Albertine, qui vient de recevoir son addition, la redépose brusquement sur le comptoir de bois.

« Bon, ben, là ça va faire ! Chus pus capable ! »

Madeleine a sursauté.

« Qu'est-ce que t'as à crier de même en plein magasin ?

— J'ai que j'en peux pus, que j'étouffe, que j'vas exploser ! »

Madeleine lui fait signe avec la main de parler moins fort.

« C'est pas nécessaire que tout le monde le sache, Bartine, que tu vas exploser ! Ça intéresse personne… »

Albertine se lève, commence à enfiler son manteau sur lequel elle s'était assise pendant qu'elle mangeait.

« Mais je veux que tout le monde le sache ! Que chus pognée vingt-quatre heures par jour avec ma sœur hypocrite qui m'a volé mon cavalier pis qui joue les saintes nitouches en sapant son Jell-O !

— Commence pas avec ça ! D'abord, j'te l'ai pas volé, ton cavalier !

— Non ? Pourquoi tu sors avec, d'abord ? »

Madeleine se lève à son tour. Si Albertine veut une scène devant tout le monde, elle va l'avoir.

« J'sors avec parce qu'y pouvait pus te sentir, c'est-tu clair ? »

Toutes les têtes sont bien sûr tournées dans leur direction. Une serveuse est immobile, la cafetière à la main, l'autre s'est arrêtée au milieu d'une addition.

« Ça fait vingt fois que j'te le dis, mais tu veux pas comprendre ! Tu l'étouffais, Bartine, es-tu capable de comprendre ça une fois pour toutes ? J'te l'ai dit, moman te l'a dit, y te l'a dit lui-même !

— Ben non, je comprends pas ! J'comprends pas ! Même quand y me l'a expliqué, j'ai pas compris ! Parce que je le savais pas que je l'étouffais ! Parce que je sais pas encore ce que j'ai pu faire pour l'étouffer ! Ça va rester le grand mystère de ma vie ! Mais je serais peut-être plus capable de l'accepter, par exemple, en faire mon deuil, si je te voyais pas deux fois par semaine partir avec lui pour aller aux vues ou pour aller manger au restaurant ! Toi non plus, y a des choses que tu comprends pas, hein ? À moins que tu fasses exiprès ! T'as pas honte ? Hein ? T'as pas honte, des fois, quand y est fin avec toi devant moi, quand y t'aide à mettre ton manteau, quand y t'embrasse dans le cou ? Y t'embrasse dans le cou devant moi, Madeleine ! Pis y a deux mois, c'est à moi qu'y faisait ça !

— T'as juste à pas être là quand y vient me voir…

— C'est ça ! Y faudrait que je disparaisse en plus parce que mademoiselle m'a faite l'honneur de me voler mon cavalier ! Veux-tu que je déménage, un coup partie ?

— Arrête avec ça. Tu nous menaces assez souvent de t'en aller… »

Le gros Taillefer arrive sur les entrefaites, les bras levés comme pour calmer Albertine.

«S'il vous plaît, mesdemoiselles, allez régler vos problèmes de famille ailleurs! C'est pas la place, icitte! On vous entend crier jusqu'à l'autre bout du magasin! Payez votre facture pis allez-vous-en. Pis revenez pas tant que vous aurez pas réglé vos problèmes!»

Albertine se lève sur le bout des pied, son nez est à la hauteur de celui du gérant du magasin.

«Ça fait des mois que j'me retiens, monsieur! J'fais pas exiprès pour exploser ici, mais ça s'adonne que c'est ici que j'explose! Pis si je sors pas tout c'que j'ai à sortir, j'vas en mourir! Comprenez-vous? Aimez-vous mieux m'entendre hurler ou ben donc me voir m'écraser à terre?

— Ni l'un ni l'autre, mademoiselle. Tout c'que je veux, c'est de vous voir disparaître d'icitte.

— Vous aussi? Comme elle? Tout le monde est-tu contre moi, 'coudonc? Hein? Y faudrait que je cesse d'exister parce que mon cavalier m'a laissée pour ma sœur? C'est moi la coupable? C'est ça? C'est moi qu'y faut qui paye? J'paye pas assez comme ça? Chus pas assez malheureuse comme ça? Vous en voulez plus? Ben, en v'là!»

La gifle est bien placée, sonore. Tout le monde retient son souffle. À l'évidence, le gros Taillefer se contient pour ne pas frapper Albertine à son tour. Celle-ci recule de quelques pas.

«J'espère que vous comprenez que c'est pas sur vous que je voulais fesser. C'est sur elle. La petite parfaite. La petite sainte. La voleuse. Vous pouvez appeler la police, à c't'heure, de toute façon, j'aimerais mieux ça que de retourner au sous-sol de chez Dupuis Frères vendre des affaires pus bonnes de l'année passée.»

La joue du gérant a déjà commencé à enfler. Une grande tache rouge marque sa joue gauche. Il se penche vers Albertine, lui parle tout bas, presque gentiment.

«Allez-vous-en, mademoiselle. C'est tout ce que je vous demande.»

Albertine finit de boutonner son manteau et sort sa tuque de laine de son sac.

«Merci. Pis excusez-moi. Si vous saviez… Je sais que ce que je viens de faire changera absolument rien, pis ça me tue! Parce que ça m'a même pas faite de bien!»

Elle quitte le magasin, le menton renfoncé dans son foulard.

C'est Madeleine qu'on regarde maintenant avec animosité.

L'hypocrite. La voleuse de cavalier.

Elle prend l'addition de sa sœur, pose un dollar sur le comptoir et s'éloigne à son tour.

« C'est pas juste moi, Maria! Y a Maurice, aussi! Comment y va prendre ça?

— Y sait depuis longtemps que ça risque d'arriver, non?

— Oui, mais y devait espérer autant que moi que ça arrive pas! Non, pas autant que moi, c'est sûr, mais... Qu'est-ce qui va arriver, Maria? Une femme avec une jambe coupée! Qui est-ce qui fréquenterait une femme avec une jambe coupée! »

Elle s'est réfugiée dans son fauteuil aussitôt revenue à son appartement. Maria a essayé d'ouvrir les rideaux pour faire un peu de lumière, Ti-Lou le lui a défendu en disant qu'à son retour de l'hôpital, après l'amputation, elle n'ouvrirait plus jamais les rideaux, elle n'allumerait même plus les lampes, le soir, elle vivrait dans l'obscurité complète. Cachée et aveugle. Pour ne pas voir ce que son corps sera devenu.

« J'ai ben essayé de le préparer depuis quequ' temps, y veut rien savoir. Y voulait être là si ça arrivait autant que si ça arrivait pas.

— Tu vois, y doit savoir qu'y est capable de le prendre.

— Ben non, y le sait pas! C'est un homme! Y le pense peut-être, ça oui, mais... mais quand j'vas revenir de l'hôpital, quand y va venir me retrouver dans mon lit, qu'est-ce qui va arriver ? Comment on regarde ça, une femme qui a juste une jambe ? Comment on traite ça ? Y va-tu être capable de faire comme si de rien était, de pas regarder là, de pas voir ce que… de pas voir le moignon, Maria, y va-tu être capable de pas voir le maudit moignon ? »

Elle frappe du poing le dossier du fauteuil en passant la main au-dessus de sa tête. Le châssis est en bois. Le mal que ça lui procure lui fait du bien.

« Je serais pas capable d'y imposer ça, le corps d'une femme infirme, le corps d'une belle femme qui a gagné sa vie avec son corps pis qui vient de se faire charcuter ! Je serais pas capable de le voir faire semblant qu'y se rend compte de rien, que rien a changé, que tout est comme avant ! Qu'y me désire encore ! Je serais pas capable de le voir faire semblant qu'y me désire encore, Maria ! »

Maria est désarmée devant la détresse de sa cousine. Elle sait bien qu'elle est là pour écouter, qu'une intervention de sa part ne servirait à rien, que Ti-Lou, qui ne l'écouterait même pas, a besoin d'exprimer son agressivité, de hurler sa douleur et son chagrin, qu'elle a raison aussi, au fond, d'être inquiète. Les hommes sont ce qu'ils sont et leurs promesses valent ce qu'elles valent. Même les princes Charmant. Si les hommes parfaits cherchent la perfection…

« Essaye de pas trop penser à ça. Y faut que tu te prépares à entrer à l'hôpital, c'est ça qui compte pour le moment… Le docteur t'a dit que c'tait pressé, Ti-Lou, *ben* pressé. Que t'as trop tardé, que t'as pas faite assez attention à toi !

— Ça fait des années qu'y me dit ça. Pourquoi y est si pressé tout d'un coup ? Y veut-tu me couper ça n'importe comment, 'coudonc? Envoye, la gui-doune, couche-toi pis laisse-toi faire, t'es t'habituée! Mais c'te fois-là ça sera pas pour gagner ta vie, mais pour la perdre!»

Ti-Lou s'extirpe avec difficulté de son fauteuil, se frotte la jambe.

«Sais-tu ce que j'ai envie de faire, des fois? Hein? Pis de plus en plus souvent? Tout abandonner! Oui, toute! L'insuline, l'opération, La réhabilitation phy-sique qui va suivre, les mois d'adaptation, la douleur fantôme là où j'aurai pus de jambe!... Tout envoyer ça chier pis me laisser pourrir sur pieds! Pourrissante, mais deboute!

— Dis-moi que t'es pas sérieuse.

— Chus très sérieuse.

— Le docteur te laisserait pas faire.

— C'est ma jambe, c'est mon diabète, j'fais ce que je veux avec.

— Ça serait du suicide, Ti-Lou.

— T'as quand même pas envie de me dire que je risquerais l'enfer pour l'éternité... Tu crois pas plus à ces affaires-là que moi, Maria!

— C'est pas l'éternité qui m'inquiéterait. Mais pense à la vie que tu mènerais. La souffrance! La gangrène qui risquerait de se mettre partout dans ton corps! La détérioration, jour après jour. Là Maurice aurait raison de t'abandonner!

— C'est peut-être ce que je veux, au fond. Qu'on me laisse tranquille dans mon coin...

— Ben non, c'est pas ce que tu veux. T'es t'une femme forte, Ti-Lou, tu l'as toujours été!»

Ti-Lou hurle à pleins poumons, sa voix se casse, des sanglots entrecoupent les mots, rendent les phrases presque inintelligibles. Elle ne crie plus, elle feule.

«Chus pas une femme forte! Comment tu peux dire ça? Chus t'en train de tout perdre, Maria, chus t'en train de tout perdre! C'est juste un premier morceau que je perds, le reste va suivre! Penses-tu que je le sais pas, que je le vois pas dans les yeux du docteur, dans les tiens, dans ceux de Maurice? Que l'amputation servira à rien, qu'y est trop tard, que le poison est déjà répandu partout dans mon corps!»

Elle traverse la pièce en boitant, ouvre les rideaux de la grande fenêtre, se retourne vers sa cousine, en plein soleil d'après-midi.

«R'garde-moi ben, Maria! Tu voulais de la lumière, ben en v'là! C'est-tu une femme forte que tu vois, hein, c'est-tu une femme forte, oui ou non, que tu vois devant toi?»

Maria s'approche d'elle, la prend dans ses bras.

«Ben oui, c'est une femme forte que je vois. Ben oui.»

Ti-Lou s'effondre.

La première semaine a passé rapidement. Comme Noël approche, le magasin n'a pas désempli, tout un chacun désirant porter de nouvelles chaussures pendant le temps des fêtes. Teena et Édouard se sont démenés du matin au soir, se prosternant aux genoux des clients des dizaines de fois par jour, à faire d'incessants allers et retours entre l'aire d'essayage et l'arrière-boutique. Édouard était un peu perdu lorsqu'il avait à servir deux ou trois personnes pas toujours patientes à la fois, il courait presque, il soufflait, il suait à grosses gouttes, voulant en même temps plaire à tout le monde et prouver à sa patronne qu'il pouvait devenir un bon vendeur. Teena lui faisait souvent signe de se calmer, passait leur demi-heure de lunch à lui prodiguer des conseils sur la façon de ménager ses énergies tout en donnant l'impression d'être au service de tout le monde. Et comme elle ne lui permettait pas encore de dresser les factures, son travail à elle s'en trouvait accru. Quand elle n'était pas accroupie devant un client, elle était occupée derrière la caisse. Et se répétait intérieurement que ses cinquante et quelques années commençaient sérieusement à lui peser.

De son côté, Édouard apprenait à la dure et, à son grand étonnement, y trouvait un vif plaisir. Il rencontrait des tas de gens, il était toujours occupé, le temps passait plus vite qu'à ne rien faire à la maison et, à la fin de la semaine, il allait recevoir ce qui représentait tout de même pour lui une importante somme d'argent, même s'il avait prétendu le contraire devant Teena.

Pour ce qui est des odeurs, on aurait dit que tout le monde cette semaine-là avait décidé de se laver les pieds avant d'aller s'acheter des chaussures, parce que pas une seule mauvaise exhalaison n'était montée dans le magasin. Les clients avaient-ils deviné que la boutique de chaussures serait très occupée et qu'étaler leurs miasmes devant tout le monde serait humiliant? Toujours est-il que le magasin Giroux et Deslauriers, du lundi après-midi au samedi soir, n'avait senti que le cuir neuf et le cirage à chaussures.

Les femmes ont adoré Édouard. Elles l'ont trouvé non seulement poli et efficace, quoiqu'un peu énervé, mais, surtout, drôle. Drôle dans sa façon d'être, de se mouvoir, de parler. La plupart n'avaient jamais rencontré de *vieux garçon* – elles devinaient tout de suite que c'en était un, ignorant que, ne le sachant pas officiellement lui-même, il était encore innocent – et il piquait leur curiosité. Il avait une manière de leur répondre du tac au tac, parfois au bord de l'insolence, toujours pertinente et surtout drôle, qui les faisait souvent éclater de rire. Elles n'allaient sans doute pas jusqu'à penser à sa sexualité – sujet de toute façon tabou –, elles ne voyaient en lui qu'une espèce de gentil clown, inoffensif, presque un animal de compagnie. Elles l'auraient pris avec elles et se seraient promenées à travers le Plateau-Mont-Royal en sa compagnie, bras dessus, bras dessous, en faisant des farces et en léchant des cornets de crème glacée. Sans danger.

Les hommes, pour leur part, l'ont tout de suite pris en grippe. Ils l'ont trouvé prétentieux – ses reparties étaient plus efficaces que les leurs –, efféminé, trop bruyant parce que trop loquace. Ils essayaient de l'éviter, de se faire servir par mademoiselle Desrosiers, poussaient des soupirs d'exaspération quand ils ne réussissaient pas, s'abandonnaient de mauvaise grâce aux mains de ce gros jeune homme dont ils n'aimaient pas les manières et qui attisait leur méfiance. Et ceux qui devinaient en lui le *vieux garçon* en devenir ou déjà accompli le méprisaient en serrant la bouche et en levant le nez. Ils le laissaient leur tripoter les pieds, mais jamais ils ne lui serraient la main.

À neuf heures, le vendredi soir, tout de suite après la fermeture, Teena a tendu à Édouard une toute petite enveloppe de papier brun avec un montant inscrit dessus.

«C'est ta première paye. En cash. Dépense-la pas toute en même temps… Pis rentre direct chez vous, va pas fêter. Oublie pas que tu travailles demain.»

Édouard s'assoit à côté de sa mère sur le sofa du salon. Il enlève ses chaussures, étire les pieds, soupire d'aise.

« J'commençais à être inquiète… Pis j'me sus rendu compte que c'était vendredi.

— Oui, on a fermé à neuf heures.

— Vous avez eu ben du monde?

— Ah oui! Ça a pas désempli depuis lundi après-midi. Noël s'en vient, hein… Mademoiselle Desrosiers, enfin, ma tante Teena, a sorti les décorations de Noël. A' dit qu'on va essayer de les installer demain. Sinon, si y a trop de clients, a' va rentrer dimanche. J'y ai offert d'aller l'aider. J'aime ça, décorer pour Noël… »

Il se penche sur le côté, sort la petite enveloppe brune de son pantalon, la vide sur ses genoux.

« J'ai jamais eu autant d'argent à moi de toute ma vie. C'est ma première paye. Pis v'là ma première pension. »

Il détache trois billets de un dollar qu'il tend à Victoire.

« Pis y va y en avoir comme ça toutes les semaines! J'me sus trouvé un métier, moman! »

Ce soir-là, dans son lit, avant de s'endormir, Édouard dit à haute voix en prenant son faux accent français :

« Je suis Antoinette de Navarreins, duchesse de Langeais, carmélite déchaussée et vendeuse de chaussures ! »

DEUXIÈME PARTIE

La carmélite sort dans le monde

Il s'est présenté à la porte principale de l'hôpital Saint-Jean-de-Dieu un après-midi venteux d'octobre. Il avait plu toute la matinée, le sol était glissant à cause des feuilles mouillées – des rouges, des jaunes, quelques vertes –, qui formaient un tapis odoriférant, beau, mais périlleux : on pouvait facilement perdre pied en ratant une marche de trottoir ou glisser et se retrouver le fessier mouillé et endolori pour le reste de la journée.

La sœur tourière était venue lui ouvrir. Il avait aussitôt levé son étui à violon à bout de bras et s'était écrié :

« Asile ! Asile ! »

La religieuse avait repoussé la lourde porte de bois verni en disant :

« Ce n'est pas une église, ici. »

Il avait retenu la porte du plat de la main.

« Vous avez pas lu Victor Hugo, ma sœur ? *Notre-Dame-de-Paris* ? Quasimodo qui se réfugie dans la cathédrale en criant : "Asile ! Asile !" »

Elle avait poussé plus fort sur la porte ; il l'avait bloquée avec son pied comme il avait vu faire les gangsters dans les films américains.

« Je n'ai pas besoin d'avoir lu Victor Hugo pour savoir ce qu'asile signifiait au Moyen Âge, monsieur ! Je n'ai jamais lu un seul livre à l'Index de toute ma vie! Et je vous prierais de retirer votre pied, sinon je l'écrase! Je viens de vous le dire, Saint-Jean-de-Dieu n'est pas une église...

— L'hôpital est pas une église, c'est vrai, mais ça peut être un refuge. Surtout celui-là. Y a combien de fous malheureux de réfugiés ici, ma sœur? À l'asile Saint-Jean-de-Dieu?»

Il s'était quand même exécuté en soupirant. De toute façon, c'était une grosse porte, son pied lui faisait mal. Et, à son grand étonnement, la religieuse ne l'avait pas refermée tout de suite.

«Vous auriez pu demander refuge sans sortir une citation de Victor Hugo! Franchement!

— Vous l'haïssez tant que ça?

— Je ne l'haïs pas, comme vous dites, je ne l'ai jamais lu! Je sais juste que ses livres sont défendus...

— Vous savez pas ce que vous manquez.»

Elle avait redressé les épaules et avait esquissé le geste de repousser une fois de plus la porte.

«Avez-vous sonné à ma porte pour me parler de Victor Hugo ou bien pour me demander un bol de soupe?»

Il avait souri. Son sourire était beau, ses dents blanches pour un quêteux. Et il ne sentait pas mauvais.

«Vous me prenez pour un quêteux? Chus pas un quêteux, ma sœur, chus fou! Comme tous ceux qui sont ici!

— Vous avez pas l'air fou du tout! Et les fous que je connais ne citent pas Victor Hugo...

— Merci du compliment. Mais...»

Il était redevenu sérieux. Il avait serré son étui à violon contre son manteau un peu mince pour la saison et l'avait regardée droit dans les yeux. Ses yeux aussi étaient beaux, mais la sœur tourière, autre diktat de sa religion, et surtout de son ordre, n'avait pas le droit de remarquer les yeux des hommes. Pas plus que leur sourire, d'ailleurs, ni leurs dents. Aussi avait-elle détaché son regard du visage du vieil homme, l'avait posé quelque part du côté des arbres aux branches dénudées de la rue Hochelaga, au bout de l'immense terrain de l'hôpital. Un coup de vent avait soulevé son voile qu'elle avait retenu de la main, en accrochant au passage le crucifix qui pendait à son cou.

L'homme, l'air piteux, avait mis les mains dans ses poches après avoir glissé son étui à violon sous son bras.

« Chus tanné, ma sœur. Chus tanné, pis depuis longtemps, de voir des affaires que les autres voient pas. »

Elle avait ramené son regard sur lui. Il était peut-être en crise. Elle ne pouvait pas ignorer un homme en crise.

« Vous avez des visions ?

— Je sais pas si on peut appeler ça comme ça, mais… Voyez-vous les quatre femmes qui se tiennent au pied de l'escalier ? Non, hein ? Ben ces femmes-là me suivent depuis mon enfance. C'est elles qui m'ont fait découvrir Victor Hugo. Entre autres choses. Pis je voudrais que quelqu'un ici, un docteur ou ben un chirurgien du cerveau, m'en débarrasse. Parce que j'en peux pus. »

Elle avait entrouvert la porte.

« Ce n'est pas par ici que vous auriez dû passer. Il y a une porte, en arrière, pour les cas urgents. Mais entrez. Tout ce que je peux vous proposer, c'est un repas chaud et d'essayer de vous faire rencontrer un de nos docteurs… Mais je ne peux rien vous promettre, par exemple, c'est dimanche. »

Ils avaient grimpé le grand escalier intérieur côte à côte. L'homme au violon avait enlevé son chapeau comme s'il entrait dans une église et regardé autour de lui les boiseries foncées, les tableaux sévères, le marbre plus pâle des marches. Un endroit imposant, qui ressemblait plus à un hall d'hôtel qu'à celui d'un hôpital. Les fous de Montréal semblaient bien logés…

«Vous n'avez pas de docteur de famille?

— Si j'avais les moyens, j'me payerais un bon repas avant de me payer un docteur, ma sœur…

— Vous jouez du violon?

— En tout cas, c'est pas une mitraillette que je cache là-dedans. »

Elle n'avait même pas souri à sa tentative d'humour. Et il s'était demandé s'il y avait de la place pour l'humour dans un asile d'aliénés.

«Vous êtes un artiste?

— Si on veut. Pis si on veut pas, chus juste un violoneux.

— Mais vous gagnez votre vie avec votre violon…

— Si on peut appeler ça gagner sa vie.

— Mais pas assez pour vous payer un docteur… »

Il s'était arrêté sur la dernière marche de l'escalier.

«C'est vraiment pas le temps de me parler de ça, ma sœur. Si j'me sus présenté ici, c'est que j'avais besoin de vous autres pis que je savais pas où aller… »

Puis il s'était retourné et s'était adressé aux quatre femmes qui les suivaient en silence.

«Vous allez me suivre jusqu'ici? »

La religieuse avait sursauté, avait regardé derrière elle à son tour. Personne, bien sûr.

«Si vous actez, vous êtes un bien bon acteur. Et si vous n'actez pas… »

L'homme avait souri encore une fois.

«Chus un sapré fou?»

Elle n'avait pas pu s'empêcher d'esquisser un petit sourire.

«Sans être nécessairement un sapré fou, vous avez certainement un problème.»

C'est ainsi que Josaphat le-Violon avait fait son entrée à Saint-Jean-de-Dieu.

Par la porte principale.

Mais ce jour-là, un dimanche, la sœur tourière l'avait laissé entendre, il n'avait pas pu voir de médecin. Celui de garde n'était pas encore un spécialiste, les autres étaient tous en congé, et on n'avait pas jugé bon de les prévenir parce que Josaphat n'était pas en crise, contrairement à ce que la sœur tourière avait d'abord pensé, et ne semblait pas dangereux. On lui avait offert un repas chaud qu'il avait trouvé délicieux même si rien n'était assez salé à son goût – il n'avait pas mangé de soupe à l'orge depuis son départ de Duhamel, des années plus tôt, et en avait eu les larmes aux yeux : Victoire qui surveille le chaudron, qui y retourne sans cesse pour y ajouter quelque chose, Gabriel qui souffle sur sa cuiller pour ne pas se brûler, lui-même qui salive tellement ça sent bon, et ce goût de légumes frais et de bœuf effiloché, le bonheur, le bonheur! –, et un lit pour la nuit après qu'il eut enchanté tout le monde avec son violon, les religieuses et les infirmiers autant que les malades.

Le repas terminé, il était allé se placer au milieu du réfectoire, avait sorti le violon de son étui et avait dit :

«C'est pour vous remercier de votre accueil. Après, j'vas continuer mon chemin…»

Il avait joué la *Méditation*, il avait joué *Humoresque*.

Un calme relatif était tombé sur la grande salle pendant qu'il interprétait Massenet et Dvorák. Les malades les plus profonds, les irrécupérables, ceux qui avaient peu conscience de ce qui les entourait, continuaient à se plaindre, à gémir, à rire, à crier, mais les autres, les cas plus légers, ceux dont les accès n'étaient pas permanents et qui souffraient le plus d'être enfermés parce qu'ils se savaient enfermés, avaient écouté avec grande attention, certains avaient pleuré, d'autres souri aux anges.

Les employés de l'hôpital n'en revenaient pas. Ils n'avaient pas connu de fin de repas aussi calme depuis longtemps. Aucune intervention n'avait été nécessaire, pas de punitions non plus.

Les applaudissements terminés, encouragé par ceux, ils étaient plusieurs, qui en redemandaient, Josaphat avait improvisé pendant un petit quart d'heure, passant d'un compositeur à l'autre, d'un siècle à l'autre, des gigues de son enfance aux tounes plus modernes qu'il avait apprises dans les tavernes de Montréal. Son répertoire de chez L. N. Messier livré dans un environnement et pour un public très différents. Ici ça ne sentait pas le parfum vendu en bouteille et la madame propre, ça sentait la cuisine de sœur, peu goûteuse et jamais assez relevée, les légumes trop cuits et la viande bouillie longtemps. La fadeur des plats préparés par les religieuses reflétait la fadeur de leur existence de servantes au service du bon Dieu. Et ça sentait aussi l'être humain malade incapable de prendre soin de lui-même. La sueur, et autre chose aussi.

Après l'avoir remercié et vanté son coup d'archet, on lui avait offert le gîte pour la nuit. Le soir était tombé depuis longtemps, il faisait froid... Les cornettes s'agitaient, les visages étaient roses de joie, on riait, toute tension avait disparu de la grande salle commune. Peut-être espérait-on, après un tel résultat, qu'il pourrait renouveler son tour de force au petit-déjeuner, le lendemain matin. Josaphat s'était approché de la sœur tourière qui n'avait pas été celle qui l'avait le moins encensé et lui avait murmuré en souriant :

« Asile ! Asile ! »

Elle avait répliqué du tac au tac :

« Je peux vous appeler monsieur Quasimodo ?

— Oui, mais jamais je ne vous appellerai Esmeralda ! »

Le rire de la religieuse était haut perché, très différent de sa voix parlée, comme si une fillette s'était cachée dans ce corps massif et derrière ce visage dissimulé sous sa cornette pointue.

« Je n'ai pourtant pas l'air d'une gypsy...

— Vous êtes pas supposée savoir qui est Esmeralda, ma sœur...

— On n'a pas besoin d'avoir fréquenté quelqu'un pour le connaître de réputation, vous savez. »

Ils avaient ri. Un moment de connivence.

Un homme dans la cinquantaine, grisonnant, petite moustache bien taillée, un des malades qui l'avaient écouté avec le plus d'attention, s'était approché de lui sur les entrefaites et lui avait tendu la main :

« J'ai reconnu la *Méditation* de *Thaïs*. Je n'avais pas entendu ça depuis bien longtemps. Ma mère le jouait, autrefois, mais au piano. »

Sans trop s'expliquer pourquoi, Édouard trouve que les décorations de Noël confèrent une note de tristesse au magasin de chaussures plutôt que de l'égayer. Les lumières de couleur, dont la plupart, brûlées, ont dû être remplacées, soulignent le côté décati et vieillot des guirlandes poussiéreuses que Teena a d'ailleurs failli laisser dans leur boîte de carton en disant à son assistant qu'elle demande depuis des années à ce que ce fouillis d'antiques ornements soit changé une fois pour toutes. Édouard et elle ont dû tout nettoyer, tout dépoussiérer, raboudiner des guirlandes soi-disant en or, poisseuses, plus brunes que jaunes, qui mériteraient de se retrouver à la poubelle, et se battre avec des sets de lumières dont les fils étaient emmêlés à rendre fou, et rongés par les souris.

« Un bon jour, le feu va pogner pis c'est moi qu'on va accuser… Maudits propriétaires, trop cheaps pour dépenser une cenne… C'est Noël, bonyeu, c'est pas un enterrement ! »

Pas de père Noël joyeux et joufflu non plus, pas d'anges avec ou sans trompette ni aucune représentation de personnages de la crèche, juste des guirlandes au bord de rendre l'âme et des lumières qui risquent à tout moment de mettre le feu au

Plateau-Mont-Royal. Une crèche ferait pourtant bonne figure dans la plus grande des deux vitrines, celle de gauche. On prendrait des boîtes de chaussures vides cachées sous un drap blanc pour figurer le village de Bethléem enneigé – même s'il n'y a jamais eu de neige à Bethléem, tout le monde le sait et tout le monde s'en sacre –, Teena pourrait rapporter de chez elle les santons qu'elle a ramassés au cours des années – elle en a jadis fait collection –, passer à la farine, pour les blanchir, les quelques moutons de laine aux pattes en bâtons d'allumettes qui traînent dans un tiroir de la cuisine, sortir les boules de Noël, les anges en carton, la fausse neige – des flocons de savon à lessive –, les glaçons en papier aluminium. Elle a tout abandonné ça depuis longtemps parce que, pense-t-elle, il n'y a rien de plus triste qu'une femme vieillissante qui décore sa maison à Noël pour elle toute seule.

Elle a offert à ses patrons de faire ça gratuitement ; elle s'est fait répondre qu'un magasin de chaussures n'était pas un établissement familial comme celui d'à côté et que ce qui intéressait les propriétaires de Giroux & Deslauriers, ce n'était pas de plaire aux enfants avec des décorations clinquantes, mais de vendre le plus grand nombre possible de souliers avant le 24 décembre.

« Un peu plus, vous nous offririez de vous déguiser en père Noël, mademoiselle Desrosiers ! »

Elle avait eu beau objecter que ce serait sans doute un incitatif, que les décorations de vitrines attireraient peut-être les clients, rien ne les avait convaincus et Édouard, le dimanche avant Noël, contemplait avec une mine désespérée ce que Teena et lui avaient réussi à faire avec le peu dont ils disposaient.

« J'enlèverais tout ça, moi, j'mettrais tout ça aux vidanges pis je ferais semblant que c'est une semaine comme les autres… »

Debout derrière sa caisse, Teena avait haussé les épaules.

« Faut que ça aye l'air de Noël pour tout le monde, Édouard.

— Ça a l'air du Noël des pauvres.

— C'est ce que c'est, de toute façon, pour la plupart de nos clients. T'es pas dans l'ouest de la rue Sainte-Catherine, là, t'es pas au comptoir de ta tante Tititte chez Ogilvy…

— Ma mère dit toujours qu'on est pauvres mais qu'on est propres. Ben avec ça, on a pas l'air propres pantoute…

— Tant qu'à ça, t'as ben raison. L'année prochaine, j'mets tout ça aux poubelles sans même ouvrir les boîtes. Y diront c'qu'y voudront.

— Y s'en rendront même pas compte.

— Y vont s'en rendre compte, aie pas peur : y faut qu'y viennent nous porter notre bonus des fêtes…

— Y le garderont, pis y achèteront des bebelles de Noël avec ! »

Ils avaient ri, épuisés et sales.

Teena avait emmené Édouard manger chez Larivière et Leblanc, ouvert le dimanche dans le temps des fêtes grâce à une permission spéciale de l'évêché de Montréal, et ils avaient fait des projets de décorations neuves toutes plus belles et plus brillantes les unes que les autres. Pour l'année suivante.

« Ça veut dire que dans un an j'vas être encore là ?

— Ça veut dire que dans un an tu vas être encore là si tu te conduis comme du monde, Édouard. Tu peux devenir un bon vendeur, si tu veux, mais t'es souvent impatient avec les clients. Travaille là-dessus… »

Mais si d'aventure Édouard possède les talents nécessaires pour devenir un bon vendeur, il va prouver le contraire en ce lundi matin froid et sombre. Et frôler une première fois de perdre son emploi.

Tout ça, bien sûr, à cause d'un client.

Bien de sa personne, sympathique, souriant, le casque de poil enfoncé sur la tête, un peu de frimas dans sa fine moustache, il est entré en sifflotant.

« J'ai eu un gros bonus pour Noël, j'me paye la plus belle paire de Brooks que vous avez ! J'en ai vu une superbe dans la vitrine… Des bruns. »

Après lui avoir demandé sa pointure, Édouard s'est lancé dans l'arrière-boutique pendant que le client engageait la conversation avec Teena. Il l'entendait pérorer par la porte ouverte pendant qu'il fouillait dans les boîtes de souliers Brooks : mécanicien, marié, deux enfants, loin d'être riche mais à l'aise, de toute évidence de bonne humeur à toute heure du jour et de la nuit, sans doute le boute-en-train de sa famille… Le temps qu'Édouard lui trouve les souliers qu'il désirait, il avait débité son pedigree au grand complet et commençait à lui tomber sur les nerfs. Tant de bonne humeur si tôt dans la journée n'était pas facile à supporter pour quelqu'un qui avait de la difficulté chaque matin à s'extirper de son lit.

Le client était éjarré sur une chaise, jambes écartées, il s'était allumé une cigarette et lançait des volutes de fumée en direction du plafond.

Et c'est en lui enlevant son premier soulier que tout a éclaté.

Ce n'était pas une mauvaise odeur, c'était une puanteur sans nom, quelque chose entre le rat crevé et les vêtements pourris par l'humidité. Édouard n'a pas pu réprimer un mouvement de recul; il s'est redressé après avoir laissé choir le soulier du client sur le plancher.

Celui-ci a éclaté de rire.

«C'est quequ' chose, hein? Mais vous êtes chanceux, vous allez l'endurer juste pendant cinq minutes... Pis ça va partir vite... Chez nous, ça se sauve comme des coquerelles quand je menace d'ôter mes suyers. Pis ma femme exige que je me lave les pieds deux fois avant d'aller la rejoindre dans le lit!»

Édouard n'a pas pu se retenir, c'est sorti tout seul, comme une réaction nerveuse qui échappe à tout contrôle:

«J'voudrais pas être à la place de votre femme! Pauvre elle! Ça fait combien de temps que vous y imposez ça?»

Teena, affolée, le fustige du regard.

Le client s'est levé, a relevé son pantalon, qui lui tombait en bas de la bedaine naissante, en tirant sur ses bretelles.

«J'pense justement que t'aimerais ça être à la place de ma femme! Hein? Puanteur pas puanteur, t'aimerais ça être à sa place, hein, maudite tapette!»

Plutôt que de s'effondrer ou de s'enfuir, Édouard s'est dressé sur le bout des pieds – l'autre mesurait plus de six pieds – en se bouchant le nez.

«Aucun être humain aimerait être à la place de votre femme, monsieur, même pas les maudites tapettes!»

La poussée était d'une telle force qu'elle a chassé l'air de ses poumons. Il est tombé à la renverse, a failli se cogner la tête contre une chaise, s'est retrouvé sur le dos aux pieds de Teena.

Le client a approché son pied du nez d'Édouard.

«Tiens, mets-toé ça dans le nez. C'est la senteur d'un homme, un vrai! Pis tes Brooks, fourre-toé-les dans le cul! Entre autres choses!»

Il a cueilli son manteau au passage, n'a pas pris la peine de remettre son soulier et s'est dirigé vers la porte de la boutique en claudiquant. Il s'est retourné avant de sortir.

«Pis t'es chanceux que je t'en fasse pas manger toute une! Que je te revoye pas, que j'te rencontre pas au fond d'une ruelle, parce que tu vas regretter que ta mère t'aye mis au monde!»

Ils l'ont regardé remettre son soulier en s'appuyant contre une vitrine.

L'engueulade qui a suivi a été homérique.

Après être allée ouvrir la porte pour aérer le magasin et vérifier que le client était bien parti, Teena s'est assise sur une chaise et, pendant plus de dix minutes, a proféré des reproches, des menaces, passant sans transition des uns aux autres, les mélangeant comme si elle n'avait plus eu le contrôle sur ce qu'elle disait, frappant du poing sur l'appui-coude de la chaise. Édouard avait beau protester, prétendre qu'il avait eu raison d'intervenir, que ce n'était pas humain d'imposer une telle puanteur aux autres, que le savon existait, les poudres pour les pieds aussi, elle lui répondait que ça ne les regardait pas, qu'ils étaient là pour vendre des chaussures, pas pour donner des conseils d'hygiène aux clients, qu'elle l'avait prévenu après l'incident avec Xavier Lacroix, qu'il avait promis de faire attention, qu'il n'arriverait jamais à rien s'il était incapable de se contenir.

Il avait fini par baisser la tête en croisant les bras comme un enfant boudeur.

«Ben 'coudonc, mettez-moi à la porte si chus si épouvantable que ça!»

Elle avait tiré sur les manches de sa veste qui étaient remontées pendant qu'elle gesticulait.

«C'est ben tout ce que tu mériterais… Mais c'est le temps de Noël, pis j'aurais pas le temps de me trouver un autre vendeur. Compte-toi chanceux, pis remercie le petit Jésus d'être né cette semaine! Ç'arait été à n'importe quel autre moment dans l'année que tu serais déjà dans ton petit char 52, laisse-moi te le dire!»

Il a promis, juré-craché-sur-son-cœur.

Mais Teena commençait à se méfier de ses promesses.

Il est allé se réfugier dans l'arrière-boutique pour pleurer. Ce trop-plein d'émotions qui l'étouffait, ce tiraillement entre la fierté et la honte, fierté d'avoir osé parler devant un homme imposant qui aurait dû lui faire peur, honte de s'être fait humilier, traiter de tapette – c'est quoi, au juste, une tapette, c'est quoi? – et terrasser en quelques secondes, ce désarroi et même cette impuissance devant la violence physique, et, surtout, cette formidable découverte, à deux reprises en quelques semaines, que son sens de la repartie pouvait se montrer tout aussi efficace en dehors de la maison que devant les membres de sa famille, tout ça le tiraillait et le secouait de sanglots. Ça coulait à gros bouillons, il renâclait, il produisait avec la bouche de petits hoquets de goret qu'on égorge, il tremblait, il avait l'impression que son cœur allait éclater dans sa poitrine et, en même temps, il était fier de lui et aurait voulu être capable de rire en sautillant sur place.

Tout ce qui lui restait à faire – et c'était peut-être le plus difficile – était de s'endurcir, de ne pas laisser ses émotions l'emporter, d'apprendre à se servir de sa grande gueule en restant froid sans jamais laisser le temps ou l'occasion à sa cible de répondre ou de réagir. La femme du monde. La duchesse de Langeais. Chaque fois. Chaque fois qu'il aurait à terrasser quelqu'un, il devrait garder son sang-froid, tirer à bout portant, sans réfléchir aux effets ou aux conséquences, garder la tête haute, ne pas laisser de chance à l'autre, chaque mot devenant un uppercut, une balle, un boulet. Antoinette de Navarreins perçait sa coquille, sortait de sa chrysalide, encore faible et un peu apeurée devant le chemin à parcourir, mais bien déterminée et, oui, pleine d'espoir.

La duchesse de Langeais était son seul salut.

Quand il est sorti de l'arrière-boutique, deux dames essayaient en piaillant des souliers sans doute trop dispendieux pour elles.

Teena, accroupie à leurs pieds, a relevé la tête ; il lui a fait signe que tout allait bien.

Tout allait bien. Et le monde allait savoir à quel point.

Maria a demandé à Béa de lui rapporter des biscuits, deux livres, de choisir parmi les plus nouveaux de la Biscuiterie Ontario, ceux que personne ne connaissait encore, s'il y en avait, ou alors de se rabattre sur leurs préférés, les gâteaux royaux et les pets-de-sœur à la cannelle.

Cette fois, c'est elle qui recevait ses sœurs pour leur partie de cartes hebdomadaire et elle n'avait ni le temps ni le goût de préparer l'inévitable petit lunch servi en fin de soirée, toujours animé parce que les trois sœurs Desrosiers essayaient chaque fois de retrouver, au cours de discussions sans fin qui tournaient parfois au vinaigre, où était passé l'argent, qui avait gagné ou perdu, et combien. (Il manque souvent de petites sommes parce que Tititte n'avoue pas facilement la défaite, comme la fois, il n'y a pas si longtemps, où elle a nié avoir mal joué même si c'était évident.)

Elles sont installées autour de la table de la cuisine. La partie achève, le café a commencé à percoler sur le poêle, le thé infuse, il ne reste que quelques cartes à abattre.

Nana s'est jointe à elles à la dernière minute – une voisine a accepté de garder ses deux enfants – et elles ont pu jouer aux cinq cents, qui demandait quatre joueurs, ce qui les avait ravies parce qu'elles n'y avaient pas touché depuis assez longtemps – en fait, depuis la plus récente visite de Nana, quelques mois plus tôt, le soir où elle leur avait avoué être de nouveau en famille. On l'avait félicitée à grands cris et elle avait répondu qu'elle était contente même si cet enfant-là arrivait comme une surprise. Les deux premiers avaient été planifiés, pas celui-là… Tititte avait alors lancé un de ses soupirs dramatiques qui amusaient tout le monde :

« Ah, les hommes ! Sont pas capables de se retenir. »

Nana avait souri en abattant l'as de cœur.

« Qu'est-ce que vous en savez, ma tante ? »

Tititte avait tellement rougi qu'on s'était demandé si elle ne frisait pas la crise d'apoplexie.

Maria a remarqué qu'elles sont plus calmes que d'habitude. On a peu parlé cinéma ou radioroman, aucun potin n'a été lancé sur qui que ce soit, les nombreuses parties de cinq cents se sont déroulées sans anicroche, sans cris de protestations ni injures à l'emporte-pièce, elles ont moins mal pris leurs mauvaises mains et n'ont pas trop vanté leurs bons coups ; en fait, la soirée a manqué d'énergie, de tonus, d'excitation. Maria, qui ne reçoit qu'à de rares occasions, a pensé à un moment donné que la réunion était ratée, mais ses sœurs et sa fille, le visage serein, n'avaient pas eu l'air de vouloir se plaindre. Et aucune vacherie à son égard n'avait fusé de toute la soirée. Ce qui était plutôt inquiétant.

« J'pense que c'est prêt… Thé, café ? Béa a apporté des nouveaux biscuits qui ressemblent un peu à des crottes de chiens mais qui sont supposés d'être ben bons… »

La table est *clairée* en quelques secondes, la nappe cirée remise à sa place, les tasses et les assiettes distribuées.

147

«En tout cas, merci de nous avoir reçues pendant ton soir de congé, Maria...

— Tu nous reçois tellement souvent, Teena, que j'me sus dit que je pourrais ben me forcer pour une fois... Pis ça fait changement de mes soirées au Paradise...»

Le café embaume, les biscuits – c'est vrai qu'ils sont laids – trônent au centre de la table, entourés de petits fours pour Tititte qui va se contenter d'en grignoter un ou deux parce qu'elle a décidé, au grand amusement de ses sœurs qui ne lui croient pas ce courage, de faire attention à sa ligne.

Depuis qu'elle a reçu la bonne nouvelle, elle s'est reprise en mains, elle fait de longues marches dans la neige, elle surveille ce qu'elle mange, son corps, qui s'était affaissé pendant la longue période où elle avait attendu des nouvelles du docteur Woolf, s'est redressé, elle a retrouvé sa complexion laiteuse et son port de tête de reine. Tititte est de retour et elle veut que ça se sache. Ce qu'elle ne veut pas qu'on sache, par contre, c'est les soirées et les heures de lunch qu'elle a passées dernièrement en compagnie du docteur Woolf... Une idylle? Peut-être pas. Mais de bien agréables moments.

En la voyant arriver chez Maria, plus tôt dans la soirée, Teena lui avait dit en riant :

«T'as recommencé à marcher trois pouces au-dessus du plancher, ma Tititte?»

Elle avait répondu :

«Une miraculée, ça lévite, tu savais pas ça?»

Maria reprend sa place.

«Allez-y, *dig in*, comme disent les Anglais.»

Les biscuits – Teena les a déjà appelés des *Dog Shits* même s'ils portent le pompeux nom de *Chocolate*

Teardrops – sont jugés délicieux, le café réussi, le thé pas trop fort, la soirée intéressante. Maria déteste le mot «intéressante» : ça veut dire quoi, intéressante ? Plate ? Ennuyante à mourir ? On n'a pas ri, on n'a pas crié comme d'habitude, on ne s'est pas chicanées, mais on a eu du fun, non ?

Teena avale sa dernière gorgée, se penche sur la théière pour se verser une nouvelle tasse.

«Pis, Nana, comment ça va ? Pas trop de misère avec… avec ton état ? »

Nana baisse la tête, passe une main sur son bedon tout rond qu'elle n'essaie pas de camoufler comme le font la plupart des femmes qu'elle connaît et qui considèrent la grossesse comme une chose honteuse qui doit être cachée et tue. Les curés insistent pour que les femmes n'empêchent pas la famille tout en exigeant ensuite – pudeur ! modestie ! – qu'elles en cachent le résultat.

«À part de passer la moitié de mes avant-midi à genoux devant le bol des toilettes, tout va bien. Mes deux plus vieux posent des questions, je leur dis que les momans, des fois, sont malades le matin pis y veulent savoir pourquoi. J'pense que j'vas finir par leur dire. Chus tannée des mères qui disparaissent à l'hôpital parce que les Sauvages leur ont brisé les jambes pis qui reviennent avec un bébé dans les bras… C'est niaiseux. Pis c'est pas fin pour les Sauvages. »

Teena avale une bouchée de *Chocolate Teardrop* qu'elle pousse avec une gorgée de thé.

«C'est bon, mais c'est un peu sec, Maria… Ça manque de crémage… »

Puis elle se tourne vers sa nièce.

«Y a toujours l'histoire des enfants qui viennent au monde dans des choux, mais ça aussi c'est niaiseux.…

— C'est pire parce que les choux poussent pas en ville. Pis y a pas de cigognes dans la province de Québec! Ça fait qu'y reste juste la vérité.

— Mais comment tu vas leur dire ça?

— Chus pas obligée de toute leur dire. J'peux leur dire que j'ai un bébé dans le ventre, y sont pas obligés de savoir comment y est arrivé là. »

Elles rient. Un rire un peu gêné. Des souvenirs remontent à la surface de la mémoire des trois plus vieilles, la plus jeune n'a pas à remonter plus loin que la veille.

« J'étais un peu inquiète, au début. Déjà que deux enfants c'est une grosse responsabilité… Pis… On a eu peur à un moment donné, Gabriel pis moi, que la Crise nous affecte, nous autres aussi. Mais non. Tant mieux, hein… L'argent se fait pas trop rare pour le moment. Gabriel dit que tant qu'y va imprimer du matériel religieux, y a pas de danger. Que le monde couperont jamais là-dedans. Y travaille quasiment quinze heures par jour depuis trois semaines pour finir le calendrier du Sacré-Cœur à temps pour Noël. Y en a apporté un, l'autre jour. »

Elle trempe un *Chocolate Teardrop* dans son café – elle est la seule à en boire – avant de le porter à sa bouche.

« C'est vrai que c'est un peu sec, moman. »

Maria hausse les épaules.

« La prochaine fois, j'les noyerai dans le lait! Ou ben donc j'les enterrerai dans la crème fouettée. En attendant, trempez-les dans vos tasses.

— Vous avez jamais été capable de faire de la crème fouettée, moman…

— Ben tu m'aideras, c'est toute!

— Fâchez-vous pas, c'est pas de votre faute!

— Ben arrêtez de critiquer!

— On critique pas…

— Qu'est-ce que vous faites, d'abord? Si ces biscuits-là sont pas mangeables, j'vas mettre le reste aux vidanges, c'est toute!

— C'est correct, moman, parlons-en pus… »

Maria prend une bouchée de biscuit, la mâche, l'avale.

« J'les trouve très bons ces biscuits-là, moi! »

Nana sait qu'elle doit détourner la conversation, sinon ses deux tantes vont se mettre de la partie et les *Chocolate Teardrops* risquent de rapidement devenir une tragédie de fin de soirée, grande spécialité des sœurs Desrosiers qui n'aiment rien mieux que de transformer un simple bavardage en branle-bas national pour le simple plaisir de discuter sans fin. Elle revient donc aux calendriers du Sacré-Cœur sans trop savoir d'avance ce qu'elle va en dire.

« Je l'ai accroché sur le mur de la cuisine. Juste à côté du *sideboard*. J'sais que je devrais pas dire ça, mais… je trouve ça ben laid. J'renie pas le Sacré-Cœur, là, j'renie pas ma religion, mais ces airs pâmés là ça finit par me mettre mal à l'aise, je sais pas pourquoi… Pis on dirait que ses yeux me suivent partout dans' cuisine! »

En fait, elle a trouvé le calendrier plutôt joli, il fait une belle tache colorée sur le mur qu'elle va pouvoir changer chaque mois, mais elle sait qu'elle a réussi son coup parce que les trois autres femmes se mettent à parler de tout ce qui leur fait peur ou les dérange dans la religion catholique, sujet vaste et passionnant qui accapare aussitôt leur attention.

Tout y passe, des atrocités du Chemin de la Croix – pauvre homme, il n'avait pourtant rien fait de mal! – à la confesse, si humiliante, imposée chaque troisième vendredi du mois, en passant par le carême – quarante jours de poisson pour des femmes nées dans une province où l'eau est rare et où le poisson est une punition – et les sermons tonitruants et terrorisants des curés, spécialistes de la culpabilité et des accusations voilées, surtout quand il s'agit de l'empêchement de la famille. Elles s'emportent, elles fulminent, elles critiquent, elles condamnent, elles sont heureuses.

Le sujet épuisé – ce fut long, enflammé, exténuant –, le silence, c'est rare, tombe sur la cuisine. Ce serait le moment de se séparer, elles n'en ont pas le goût. Elles sont bien, elles resteraient là à siroter leur breuvage en fixant la nappe cirée ou leurs mains pour une fois inactives, ignorant la neige dehors, Noël qui s'en vient, le sapin à décorer, les cadeaux à emballer. Quatre femmes hors du temps qui flottent entre rêve et réalité en choisissant pour un court moment les sortilèges du rêve. Ou, plutôt, un vide bienfaisant. Tititte ne pense pas pour la première fois depuis un bon moment à la chance qu'elle a eue, au sursis que la vie lui offre et à sa rencontre avec le docteur Woolf, Teena ne s'inquiète plus de la décision qu'elle aura à prendre après les fêtes au sujet d'Édouard, Nana a oublié qu'elle doit exiger de Gabriel qu'il leur trouve un nouveau logement pour le 1er mai, celui qu'ils occupent étant trop petit pour une famille de cinq personnes. Et les soucis d'argent qu'elle a cachés à sa mère et à ses tantes. Quant à Maria…

Elle se verse une dernière tasse de thé. Il a trop infusé, elle sait qu'il sera imbuvable, mais elle se cherche une contenance parce que ce qu'elle a à dire est délicat.

« J'pensais à ça, l'autre jour… Avant, on était dispersés un peu partout, moi j'étais dans le Rhode Island, mes filles pis mes parents en Saskatchewan, mes deux sœurs pis mon frère ici, à Montréal, le reste de la famille à Calgary, à Winnipeg, à Ottawa… On se voyait jamais, on se téléphonait presque pas, on rêvait toutes de se retrouver à la même place, de préférence ici, parce que Montréal c'est grand, c'est français, c'est notre berceau… Là, depuis presque vingt ans, une grande partie de la famille se retrouve ici, j'ai une bonne job, j'ai retrouvé mes enfants, j'ai un beau garçon de dix-sept ans, mon Théo que j'aime tant, j'ai un homme qui m'aime, j'ai marié ma fille, on joue aux cartes une fois par semaine en riant comme des folles, mais… »

Elle prend une gorgée, fait la grimace.

« J'veux pas que vous preniez ça pour une critique, c'en est pas une, c'est juste une constatation, mais j'me disais… C'est-tu juste ça que la vie a à m'offrir, à *nous* offrir ? C'tait-tu ça notre rêve ? Pensez pas que chus malheureuse, je le suis pas… Chus pas malheureuse, on dirait juste qu'y me manque quequ' chose, j'sais pas quoi, qu'y a quequ' chose que j'ai pas faite ou qui m'est pas arrivé. Ça vous arrive pas, vous autres, d'avoir l'impression… de pas être complètes ? J'sais pas si c'est le bon mot. Des fois j'me regarde dans le miroir pis j'me dis que la femme qui est en face de moi a peut-être connu des choses que j'ai pas connues… des aventures, c'est ça que je veux dire, des aventures… Comme si j'avais pas été faite pour rester toujours à' même place. On le sait, ça, c'est vrai, j'ai toujours été comme ça, j'ai quitté la Saskatchewan à vingt ans pour parcourir le vaste monde… Mais aujourd'hui… aujourd'hui, j'ai passé cinquante ans pis c'te partie-là de moi est encore là ! Excuse-moi de dire ça devant toi, Nana, mais y m'arrive d'avoir envie de disparaître, comme à vingt ans, de… de disparaître, y a pas d'autre mot, pour me retrouver ailleurs, loin, tu-seule, j'ose pas utiliser le mot libre parce que je sais pas si je le serais vraiment, mais… Ailleurs, c'est juste ça, ailleurs… Ça a rien à voir avec vous autres, j'veux pas être loin de vous autres, j'vous aime trop, j'ai juste besoin… *besoin* d'être ailleurs! Chus faite comme ça! Chus faite comme ça! J'étouffe quand je reste à' même place trop longtemps! Faut que je grouille! Ça fait plus que quinze ans que j'ai pas grouillé d'ici!»

Le silence se serait éternisé si Béa n'était pas arrivée sur les entrefaites en ramenant la réalité avec elle en même temps qu'un désagréable échantillon de l'air frais du dehors.

«Mon Dieu! Vous êtes ben sérieuses! Avez-vous perdu un pain de votre fournée, 'coudonc?»

Elle a les joues en feu. Pas à cause du froid, mais parce qu'Arthur Liasse l'a embrassée sur le pas de la porte. Pas un petit bec en pincettes, un vrai baiser prolongé comme dans le film qu'ils viennent de voir, du sérieux, du troublant, du genre à vous laisser les jambes molles et le souffle court, bien loin des petits baisers volés à la sauvette, à la biscuiterie.

Malgré les avertissements de madame Guillemette – ce garçon-là est pas pour toi, tout ce qu'y veut c'est te tripoter au balcon d'un théâtre –, elle a fini par accepter son invitation à sortir, un bon soir, pour aller aux vues ou manger dans un restaurant. Elle a eu droit aux deux: un repas au Geracimo et un film au cinéma Saint-Denis. Au restaurant, ils ont été servis par sa sœur Alice qui a fait de grands yeux ronds quand elle les a vus arriver et froncé les sourcils quand ils se sont assis du même côté de la banquette. Tout le long du repas, elle a essayé de faire comprendre par signes à sa sœur qu'elle trouvait son cavalier laid, Béa a fait semblant de ne rien voir, a ri trop fort et s'est laissé embrasser dans le cou devant Alice.

Après le cinéma, Arthur a offert d'aller reconduire Béa chez elle, rue Montcalm, à dix minutes de marche du théâtre Saint-Denis. Ils ont avancé main dans la main dans la neige dure qui crissait sous les pieds puis, devant la porte de l'appartement…

Maria se lève et commence à débarrasser la table.

«T'es ben rouge, toi, y fait-tu si froid que ça?»

Béa enlève son manteau qu'elle ira plus tard accrocher à la patère dans le vestibule et qu'elle se contente, pour le moment, de poser sur le dossier de la chaise de Nana.

«Non, mais y vente…»

Les trois autres femmes ont poussé leurs chaises, se sont levées en s'étirant – elles sont assises depuis des heures, sauf pour de courtes visites à la salle de bains – et se préparent à partir.

«Si moi chus rouge, vous autres vous avez l'air bête rare!»

Y a-t-il eu une chicane? Au sujet des cartes? Sa tante Tititte s'est-elle encore emportée parce qu'elle n'acceptait pas d'avoir perdu quelques sous?

«On n'a pas l'air bête, on est fatiquées.

— Probablement d'avoir trop crié, oui. Quand chus rentrée dans' maison, personne parlait. C'est jamais bon signe.»

Nana l'embrasse sur les deux joues.

«On parlait pus parce qu'on avait pus rien à dire.

— Ça se peut pas. Vous avez toujours des choses à dire. Excepté après une chicane…»

Nana se dirige vers la chambre de sa mère où son manteau l'attend, étendu sur le lit avec ceux de Teena et de Tititte.

«Pis toi, ta vue, c'tait bon?»

Béa la suit dans le corridor en sautillant presque.

«C'tait une vue avec Gloria Swanson. J'te dis qu'elle a des grands yeux, elle! Pis qu'a' s'en sert!»

Elles ne sont pas sitôt entrées dans la chambre de Maria que Béa se jette sur sa sœur et la retient par la manche de sa robe.

«Nana, j'ai un cavalier! Y est pas ben beau, mais y est ben fin!»

Nana noue son foulard autour de son cou, commence à enfiler son manteau qu'elle a de la difficulté à attacher à cause de son ventre rond.

«Alice nous a dit ça en arrivant de travailler. J'ai pas besoin de te dire que tu vas être obligée d'avoir une sérieuse conversation avec moman...»

Alice et Théo ont passé la soirée dans la grande chambre, située en face du salon, que partagent les deux filles. Ils ont écouté la radio, ils ont fumé des cigarettes – Alice a vingt et un ans, elle fait ce qu'elle veut, mais Théo, à dix-sept ans, s'il fume partout en dehors de la maison, doit se cacher de sa mère qui prétend, allez savoir pourquoi, que ce n'est peut-être pas bon pour la santé –, la jeune femme a feuilleté des magazines, Théo a lu deux fois d'une couverture à l'autre un *Comic Book* qui dépeignait les aventures d'une fourmilière cachée dans un parc d'une grande ville américaine dont les habitantes planifiaient d'envahir le monde. Elle s'est pâmée sur les toilettes des dames, il s'est esclaffé à plusieurs reprises, ses rires ressemblant plus à des renâclements qu'à des éclats de joie. Ils ont rêvassé, couchés côte à côte dans le grand lit, ils se sont fait quelques confidences, pas trop, juste assez pour piquer la curiosité de l'autre en s'arrêtant exprès

dans le meilleur de l'histoire pour laisser planer le doute
– pis, pis, qu'est-ce qui est arrivé après ? – et promet-
tant de continuer une autre fois… Ils se sont accusés
de mentir, au moins d'exagérer – y a pas osé faire ça !,
j'te l'avais dit, hein, qu'est-tait pas si sainte nitouche
que ça, Charlotte Dubé ! – puis, à bout d'imagination,
sont retombés dans le silence de leurs rêveries.

Au début de la soirée, ils se sont vite retirés après
avoir salué les trois visiteuses. (Théo s'est attardé dans
les bras de Nana parce que même après cinq ans il
s'ennuie toujours d'elle, de sa gentillesse, de sa généro-
sité. Il n'ose plus l'appeler sa deuxième mère, il est trop
vieux, l'époque où c'était elle qui menait les affaires
de la maison lui manque quand même beaucoup.)

Ils ont laissé la porte ouverte pendant quelque temps
pour essayer de capter des bribes de conversation, puis,
devant l'inanité des propos, des histoires de maladies
de vieilles femmes, de clients qui puent des pieds et
de femmes tellement snobs qu'elles en arrivent à man-
quer de savoir-vivre, ils se sont enfermés pour de bon
et ont monté le son de l'appareil de radio.

Alice a bien sûr raconté la visite de Béa au Geracimo
en compagnie de celui qu'elle appelait son cavalier
manqué tant elle l'avait trouvé laid et insignifiant.
Théo a beaucoup ri en essayant d'imaginer sa sœur
salivant devant un *pepper steak* tout en essayant de
minauder pour séduire son cavalier.

« Manqué… »

Il a voulu savoir à quel point manqué, Alice l'a
encore plus fait rire.

Mais lorsque Béa pousse la porte de la chambre, ils
sont retombés dans leurs rêveries depuis un bout de
temps. Théo sursaute parce qu'il était sur le point
de s'endormir. Alice sort.

«Pis, toujours, y t'a-tu tâtée comme y voulait? Y est-tu allé en dessous de ta blouse, y a-tu relevé ta jupe?»

Béa hausse les épaules et se jette sur le lit à côté de leur frère.

«Tout le monde s'appelle pas Alice Rathier pour se laisser faire au balcon du Saint-Denis!»

Alice est sur elle en moins de deux secondes. Elles se chamaillent en riant, se donnent des claques, se pincent, se tirent un peu les cheveux. Habitué à ces jeux, bruyants mais inoffensifs, dont il est témoin depuis sa petite enfance, Théo n'intervient pas. Il se contente de les regarder en secouant la tête. S'il s'en mêle, elles vont se mettre toutes les deux contre lui et les bleus qu'il risque d'hériter seront bien réels…

«Envoye, avoue! Avoue! Êtes-vous allés encore plus loin que ça? Hein? Hein? Êtes-vous allés… jusqu'au bout?»

Béa se dégage, repousse sa sœur qui glisse du lit et se retrouve par terre, les quatre fers en l'air.

Tout le monde rit.

La porte s'ouvre de nouveau et Maria fait irruption dans la chambre.

«Ça va faire, le charivari, là! Y est tard! C'est le temps de se coucher, vous travaillez demain! Théo, dans ta chambre! J't'ai déjà dit cent fois que t'as pas d'affaire dans la chambre de tes sœurs! T'as pus quatre ans! Pis j'me saigne pas à blanc pour que t'arrives en retard au collège! Ou ben trop fatiqué d'avoir trop ri avec tes sœurs!»

Théo quitte la chambre sans ajouter un mot, rouge de confusion parce que sa mère l'a engueulé, mais aussi parce qu'il a aperçu à plusieurs reprises les sous-vêtements de ses sœurs.

Les filles ont déjà commencé à se déshabiller. Alice fait la baboune.

« Si Théo a pas quatre ans, moman, nous autres non plus ! Arrêtez donc de nous traiter comme des enfants.

— J'vas arrêter de vous traiter comme des enfants quand vous allez partir d'ici pour vous marier, pas avant…

— Mon Dieu, on a pas fini ! Surtout que j'ai décidé que les gars m'intéressaient pus.

— Alice, arrête de dire ça ! On sait que tu dis ça parce que les garçons t'intéressent trop, justement ! Pis toi, Béa, j'aimerais ben ça avoir une conversation sérieuse avec toi !

— Moman ! Franchement ! Je le sais ce que vous allez me dire…

— Ben tu vas m'écouter pareil ! Quand t'auras l'âge, tu feras ce que tu voudras. En attendant, tu vis dans ma maison, t'es pas majeure, pis tu vas suivre mes règlements ! »

Elle a disparu aussi vite qu'elle était apparue.

Les deux sœurs attendent quelques secondes pour laisser leur hilarité se manifester. Elles ne veulent surtout pas voir leur mère revenir.

Alice enfile sa robe de nuit en coton, celle qu'elle appelle sa jaquette de vieille fille et qu'elle garde pour les nuits d'hiver.

« Ça va être beau, ce petit sermon là… »

Béa soupire, se glisse sous le drap.

« As-tu déjà eu droit à ça, toi ?

— Oui. J'avais à peu près ton âge.

— Pis ?

— C'est ben gênant. Beeeen gênant. »

Béa s'endort tout de même en pensant au baiser prolongé d'Arthur Liasse.

L'hôpital Saint-Jean-de-Dieu a accueilli Josaphat comme on adopte un chat errant ou un chien perdu.

Personne, cependant, n'a été dupe au sujet de sa santé mentale : on n'a pas cru à ses visions, ni à ses histoires de pleine lune à sauver, ni à son talent spontané pour interpréter les grands classiques sans les avoir jamais étudiés, les religieuses comme les docteurs n'y voyant qu'un moyen habile de se trouver un gîte pour l'hiver. Josaphat était beaucoup trop pertinent dans sa façon de s'exprimer et sa conversation trop brillante pour qu'on prête foi à ces balivernes de conteur ratoureux dignes des quêteux qui parcouraient autrefois les routes du Québec en inventant des histoires invraisemblables pour payer leur pitance. Josaphat n'était sans doute qu'un musicien de formation classique qui traversait un moment difficile de sa vie et qui avait trouvé refuge à Saint-Jean-de-Dieu comme d'autres s'enferment pour un temps dans une abbaye. En effet, combien de malades dans l'histoire de l'hôpital s'étaient présentés, comme ça, un bon après-midi, en demandant qu'on les enferme parce qu'ils étaient fous ? Aucun. Ils se débattaient, ils griffaient, ils hurlaient qu'ils n'étaient pas atteints de démence, ils exigeaient qu'on les libère, ils menaçaient de mettre le feu ou de jeter une bombe, mais aucun, jamais, n'avait demandé à rester prisonnier de Saint-Jean-de-Dieu. Sauf lui. Qui avait crié « Asile ! Asile ! » comme au Moyen Âge, autre preuve qu'il avait de l'éducation. Et de la culture.

À moins, comme l'avaient souligné quelques religieuses, que ce que Josaphat disait était vrai et qu'on avait affaire à un être exceptionnel, un doux fou qui vivait vraiment tout ce qu'il prétendait vivre. Ou, du moins, qui y croyait. Et avait besoin d'aide. Ce que les docteurs avaient rejeté avec un geste de la main et un haussement d'épaules : ce Josaphat-le-Violon, c'est du moins ainsi qu'il disait s'appeler, n'était qu'un habile menteur, sympathique et talentueux, qui s'avérerait bien utile pendant le temps des fêtes avec ses romances qui fendaient l'âme et ses gigues qui mettaient du pep dans le soulier. Son violon apaisait les malades après les repas, période toujours agitée et difficile à gérer. Tant mieux ! On l'utiliserait comme il utilisait lui-même l'hôpital. Qu'on lui donne un habillement de patient, qu'on l'héberge, qu'on le nourrisse, qu'on lui fasse croire qu'on buvait tout ce qu'il disait, qu'on n'y devinait pas qu'une belle poésie campagnarde, imagée et touchante, et qu'on se serve de lui ! Joue du violon, mon Josaphat, c'est une panacée inespérée !

Le directeur de l'établissement avait même dit :

« C'est une entorse grave à nos règlements, c'est vrai, mais je suis prêt à en subir les conséquences. Si jamais il y en a. Après tout, personne ne saura peut-être jamais que ce Josaphat-le-Violon est passé parmi nous comme une ombre d'un Québec révolu… Nous ne le détenons pas contre son gré, il insiste pour rester ! Et les malades vont profiter de sa présence autant que nous… En janvier, en janvier, on verra… »

À la sœur tourière qui lui faisait remarquer – ça aussi c'était une grave entorse aux règlements de l'hôpital – qu'il serait cruel de leur part de le jeter à la porte en plein mois de janvier, le plus froid de l'année, il avait répondu :

«Ce ne sera sûrement pas le premier hiver qu'il passera dehors si c'est vraiment un errant. Je suis convaincu qu'il sait comment se débrouiller. La preuve... Et si, comme nous le croyons, il n'est pas ce qu'il affirme être, il retrouvera vite sa famille et sa profession. Il y a peut-être un orchestre, quelque part, qui le cherche... »

Alors pour payer son habillement, sa nourriture – meilleure que tout ce qu'il a mangé depuis longtemps malgré sa fadeur –, son lit dans un des dortoirs, Josaphat, tous les soirs et parfois dans la journée quand une fébrilité plus marquée agite Saint-Jean-de-Dieu, sort son violon et, comme le joueur de flûte de la cité de Hamelin, il joue de la musique. Pas pour chasser les rats, pour apaiser les âmes, endormir les angoisses, calmer les crises incontrôlables et mettre des larmes dans les yeux de tout le monde.

Et il s'est fait un ami. Le patient qui est venu lui dire, le premier jour, que sa mère jouait la *Méditation* de *Thaïs* au piano est devenu petit à petit un inséparable compagnon, parfois silencieux, parfois disert, toujours ténébreux et intense. Ils travaillent tous les deux à la buanderie, située dans un autre pavillon tant l'hôpital est vaste, passent une partie de la journée dans la vapeur des énormes machines à presser le linge, en sortent suants, affaiblis par la chaleur, pour aller distribuer, à l'aide de convois de métal et après avoir voyagé dans le petit train électrique, au sous-sol, qui relie les pavillons, draps propres et vêtements bien pliés aux différents dortoirs, autant dans l'aile des femmes que dans celle des hommes.

Monsieur Émile, c'est comme ça que tout le monde l'appelle, est un poète que ses parents ont fait enfermer trente ans plus tôt, d'abord à la retraite Saint-Benoît puis, depuis cinq ans, à l'asile Saint-Jean-de-Dieu, parce qu'ils ne le comprenaient pas et le croyaient fou. Il a toujours l'air de transporter le sort du monde sur ses épaules et marche à petits pas prudents, dos courbé et tête penchée. C'est un homme doux et poli qui parle tout bas, comme pour s'excuser d'exister ou par peur de déranger. Il porte toujours sur lui un petit carnet qui contient toute la poésie qu'il a écrite pendant son adolescence, des vers superbes, les plus beaux que Josaphat ait jamais entendus, inspirés des poètes parnassiens, ses idoles. Si Rimbaud a écrit son *Bateau ivre*, lui a livré, aussi avant ses vingt ans, un magnifique *Vaisseau d'or.* Mais on ne lui a pas permis de terminer ce qu'il appelait son *Récital des anges,* qu'il considérait comme l'œuvre de sa vie. Privé de ses muses, peut-être assommé par les médicaments, il récrit sans cesse les mêmes poèmes, changeant ici et là un mot ou un vers complet, mais incapable de créer une nouvelle œuvre. Il garde aussi dans sa table de chevet, grand trésor de son existence, cette édition de 107 de ses poèmes que Louis Dantin, qu'il a connu sous le nom de père Seers et qui a longtemps été son mentor, a fait publier chez Beauchemin en 1904, preuve que son génie a existé dans une autre vie, qu'il a été un très grand poète adolescent dont on a rogné les ailes parce qu'il choquait une société où les versificateurs étaient pour la plupart des notables qui s'adonnaient à la poésie en amateurs, des sans-talent bouffis de prétention. Il avait voulu vivre la vraie vie de bohème et en avait payé le prix.

Josaphat a été horrifié par le récit de la vie de cet homme de génie tiré à bout portant par un milieu social ignorant et obtus. Deux incompris, deux fous, deux parias. Alors il s'est confié à son tour en murmures hachurés et en hoquets d'émotion. Duhamel, Victoire, sa sœur, leurs deux enfants, Gabriel et Albertine, la fuite de Victoire à Montéal, son mariage malheureux avec Télesphore qui mériterait plus qu'eux d'être enfermé ici, dans un hôpital de fous et, bien sûr, les tricoteuses, Rose, Violette, Mauve, leur mère Florence, ce qu'elles lui avaient apporté, la culture, surtout la musique, et ce fardeau qui le poursuivait depuis des années et dont il n'arrivait pas à se défaire : la pleine lune qu'il fallait extirper du ciel chaque mois et le sauvetage des chevaux qui, sinon, sans lui, sans son violon, souffriraient le martyre.

Monsieur Émile avait tout cru. Tout. Il lui arrivait même de demander à Josaphat, au milieu d'un repas ou pendant qu'ils repassaient des pantalons de coton blanc :

« Est-ce qu'elles sont là, en ce moment ? »

Josaphat répondait oui.

« Où, exactement ? »

Josaphat montrait un coin de la pièce où les tricoteuses se tenaient, toutes droites, une compassion infinie au fond des yeux. Pour les deux hommes.

Monsieur Émile faisait une courbette.

« Mes hommages, mesdames. »

Leur amitié s'était scellée une semaine après l'arrivée de Josaphat à l'hôpital, au moment où, comme il le faisait souvent, monsieur Émile lisait un de ses textes à haute voix dans la salle des loisirs. Josaphat avait repris son violon et avait accompagné le poète tout en douceur, sans jamais se mettre à l'avant-plan, se contentant de souligner les vers du mieux qu'il pouvait en longs traits langoureux qui étaient autre chose que de la musique, un commentaire discret, une fraternelle accolade. Monsieur Émile l'avait regardé en souriant, la voix tremblante. À la fin de la lecture, il s'était approché du musicien et lui avait murmuré en lui posant une main sur l'épaule :

« *Le récital des anges.* C'était ça, mon *Récital des anges.* »

Aujourd'hui, cependant, le récital des anges n'a pas été à la hauteur de celui d'hier ou d'avant-hier.

Le poète est atteint d'un vilain rhume qui a brouillé sa lecture d'habitude si claire et Josaphat, pour ne pas l'enterrer, a dû jouer en sourdine, de façon presque inaudible. C'était une gigue très populaire à l'époque de son enfance, à Duhamel, et qu'il interprétait depuis quelque temps en la ralentissant, en en faisant presque une berceuse, parce qu'il en aimait l'air dont il pouvait faire un long et apaisant ruban de *rubato* que les patients, surtout les plus agités, semblaient apprécier. Ils ont été moins attentifs, les religieuses ont froncé les sourcils, quelques cris d'angoisse ont fusé pendant *La romance du vin*, un homme a éclaté de rire à la fin de *Devant un portrait de ma mère*. Pour la première fois depuis des semaines, la demi-heure après le repas du midi a été fébrile, à tel point que les gardiens ont dû intervenir.

Monsieur Émile est sorti de l'immense pièce aussitôt sa lecture terminée pour aller se réfugier dans les toilettes des hommes où, croyait-il, personne ne viendrait le déranger. Il s'est trompé, Josaphat, son instrument sous le bras, l'a attendu à la porte. Monsieur Émile est sorti en se frottant les mains sur son pantalon.

« Il n'y a plus de serviettes pour se frotter les mains. Il faudrait le dire aux religieuses… ou venir en porter nous-mêmes avant d'aller distribuer les draps… »

Josaphat a ralenti le pas pour obliger l'autre à se tourner vers lui.

« C'est pas de votre faute, monsieur Émile. Ce qui vient d'arriver. De la mienne non plus. Vous avez un rhume, vous êtes moins concentré, vous avez plus de difficulté à parler…

— Je n'aime pas qu'on ne m'écoute pas. Ces textes-là sont des textes importants, monsieur Josaphat ! Avant votre arrivée, je croyais prêcher dans le désert, j'avais l'impression que personne ne m'écoutait… Mais avec vous… C'est vous qui les calmez, monsieur Josaphat, c'est grâce à vous s'ils m'écoutent, même si la plupart d'entre eux ne comprennent toujours pas ce que je lis. Ils écoutent mes mots à travers votre musique, et quand je flanche, à cause d'un rhume ou non, vous flanchez aussi parce que je suis plus difficile à accompagner… et ça donne ça… un récital des anges raté. Le point culminant de ma journée, celui autour duquel toute mon existence tourne, le moment sacré qui ne devrait jamais être raté…

— Y va y en avoir un autre demain…

— Oui, mais après-demain ? Où serez-vous après-demain, monsieur Josaphat ? Vous n'êtes pas un patient de Saint-Jean-de-Dieu, vous pouvez disparaître quand vous voulez… Et, vous voyez, je suis en train de vous avouer que j'ai besoin de vous.

— Qui vous dit que je veux disparaître ?

— Vous. Je vous ai entendu parler, dans le dortoir, avec vos quatre compagnes, hier soir. Vous parliez de fuite, vous parliez d'une tâche à accomplir, d'un cadeau à faire à quelqu'un… »

Josaphat s'arrête, s'assoit sur un banc de bois appuyé contre le mur de l'étroit corridor qui mène à la buanderie.

«V'nez vous asseoir. J'ai quequ' chose à vous expliquer…»

Monsieur Émile reste debout devant lui.

«Je préfère rester debout pour apprendre les mauvaises nouvelles. Assis, je vous verrais de profil. Je veux vous voir de face.»

Ni l'un ni l'autre ne baissera les yeux pendant que Josaphat va parler. La fièvre dans les yeux du violoneux, ce besoin irrésistible qu'il va exprimer ne changeront rien à la déception, puis au découragement lisible sur le visage du poète: l'espoir enfui d'une collaboration peut-être définitive, le *Récital des anges* réduit à sa moitié initiale qui n'a pas fonctionné pendant de si longues années, le retour des cris, des crises, des insultes pendant qu'il sera en train de se déchirer l'âme à travers des textes cent fois refaits, cent fois remis dans leur forme originale et qu'il essaiera, toujours en vain, de livrer au monde. Son legs. Son héritage. La solitude définitive. Ce que dit le ratoureux assis devant lui en essayant de se faire convaincant est faux, il le sait, il le sent, c'est une sentence de mort à petit feu, de dégénérescence lente et définitive vers le grand vide. Après plus de trente ans de solitude, quelques semaines de compagnonnage puis, de nouveau, le terrible isolement au milieu des fous…

«Je sais que j'me suis fait prisonnier moi-même en venant m'enfermer ici. J'en avais besoin. J'en ai encore besoin, personne ici à part vous m'a cru, personne a essayé de me traiter, de me guérir, parce qu'on me croit pas. On m'a offert l'asile sans m'offrir d'aide. Dans une maison de fous où on croit pas que je le suis. J'ai toujours mes visions qui me font tant de bien pis qui me tuent en même temps… Sont là, de chaque côté de vous, y m'écoutent, je sais qu'y essayent même de m'aider à être le plus clair possible, le moins brusque avec vous parce qu'y savent votre importance, qu'y connaissent votre génie, qu'y resteraient probablement avec vous si y étaient pas obligées de s'occuper de moi jusqu'à ce qu'un autre, je suppose qu'on peut dire un autre élu, en tout cas un autre choisi se présente. Un enfant qui, comme moi, va se laisser séduire, qui va se laisser pétrir, à qui y vont enseigner des choses qu'y comprendra pas pis qui y serviront à rien. J'aimerais tellement les laisser avec vous, monsieur Émile, vous confier à elles, vous les confier, mais je sais qu'y vont me suivre. Parce que c'est vrai, oui, je veux m'en aller. Peut-être pas pour toujours, peut-être juste pour un temps. Parce que y a une chose que je veux faire. Pas avant de mourir, chus trop en santé, je sais que je mourrai pas de sitôt… mais avant d'abdiquer définitivement. J'ai un cadeau à faire, un tout p'tit cadeau, un cadeau niaiseux, mais d'une ben grande importance pour moi. Après, on verra. Je reviendrai peut-être ici vous accompagner parce que j'aime ça, parce qu'on fait un bon *team*, parce qu'on s'aide à survivre. Mais peut-être pas. J'arrive des bois, je pourrais ben y retourner. Même si chus loin d'être convaincu de pouvoir y trouver le bonheur. Pour l'instant, j'vas retourner dans mon appartement de la rue Amherst. J'ai pas payé le loyer depuis deux mois, j'espère qu'y ont pas changé la serrure… Pis j'vas me préparer. Ça va se passer le jour de Noël. J'vous le répète, c'est rien de grave, c'est même niaiseux, mais si je le fais pas j'vas mourir. »

Quand Josaphat a eu fini d'expliquer ce qu'il a l'intention de faire à Noël, monsieur Émile vient s'asseoir près de lui.

«Emmenez-moi avec vous.

— Vous savez ben que c'est pas possible.

— Si vous partez seulement pour quelques heures, emmenez-moi avec vous. J'aimerais y être.

— Vous pouvez pas sortir d'ici sans que ça se sache. Moi, oui.

— Je peux… je peux me déguiser, me…

— Non, monsieur Émile. On le saurait tout de suite. Pis ça mettrait mon projet en péril.»

Monsieur Émile baisse la tête, se passe une main sur le front.

«Ah oui! C'est vrai. Ça mettrait peut-être votre projet en péril. Si on nous trouve avant que vous le mettiez à exécution. Je comprends. Mais c'est moi qu'on ramènerait ici, pas vous. Si vous décidez, après, de rester dans le monde, promettez-moi au moins de venir me raconter tout ça un bon jour…

— Y aura probablement rien à raconter.

— Oui. Ce qui va se passer en vous.

— Je pourrais vous l'expliquer tu-suite. Je sais d'avance c'que j'vas ressentir. Pour ce qui est du reste… Y se pourrait que je survive pas, monsieur Émile.

— Pourquoi vous dites ça?

— Parce que j'ai donné la permission à Télesphore de me tuer si jamais on se croisait encore une fois.»

Elle a laissé la décoration des branches du bas de l'arbre à ses deux enfants qui se battent en riant avec les boules de couleur et les faux glaçons en aluminium. Ils échappent les boules qui, heureusement, ne se cassent pas, se mettent les rubans de métal brillant dans la bouche pour ensuite les recracher en disant que ça ne goûte pas bon. Ils se tiennent aux branches de l'arbre qui a déjà failli s'écrouler à plusieurs reprises sur le tapis du salon. Elle l'a chaque fois sauvé in extremis en faisant semblant qu'elle trouve ça drôle. Elle n'a pas envie de se retrouver avec deux enfants qui hurlent et qui morvent pendant qu'elle décore le sapin de Noël.

Nana sait bien qu'ils sont trop jeunes, qu'ils ne comprennent pas ce qu'ils font – ni l'un ni l'autre ne se souvient du sapin de l'année précédente –, mais ils ont insisté pour l'aider et elle s'est dit qu'elle pourrait leur venir en aide si la tâche s'avérait trop difficile pour eux. Elle leur a montré, comme si c'était un nouveau jeu, le petit crochet de métal qui leur permettrait d'accrocher chaque boule au bout d'une branche, les fines lamelles d'aluminium qu'il fallait manipuler avec soin parce qu'elles étaient très fragiles. Ils font ce qu'ils peuvent, concentrés et sérieux, ils tirent la langue et poussent des cris de triomphe quand ils réussissent à accrocher une boule ou un glaçon, lui demandent si elle est contente, s'ils vont avoir une récompense quand tout ça sera fini, des biscuits Whippet avec du lait ou un morceau de chocolat. Elle dit oui tout en pensant qu'à ce rythme l'habillage de l'arbre de Noël prendra sans doute tout l'après-midi.

Lorsque Gabriel arrive du travail, vers six heures trente, les décorations sont terminées et les enfants ont déjà mangé. Aussitôt débarrassé de son manteau d'hiver et de ses bottes crottées – un redoux a fait fondre la neige –, il vient ébouriffer la tignasse de son fils, pincer la joue de sa fille, embrasser sa femme.

« Tu sens la bière, Gabriel.

— C'tait le jour de la paye, on est allés prendre une bière à côté de l'imprimerie. À c't'heure que je sais parler en signes, j'peux jaser avec les gars… J'me trompe souvent pis ça les fait rire. C'est drôle des sourds-muets qui rient, ça fait presque pas de bruit. Avant, on travaillait juste ensemble, aujourd'hui on apprend à se connaître un peu mieux… »

Il se penche sur son ventre, y appuie une oreille.

« Y a-tu commencé à donner des coups de pieds ?

— Non, pas encore.

— J'ai hâte.

— Ben pas moi. »

Il se redresse, lui enserre la taille, l'embrasse encore.

« Qu'est-ce que t'as ? Tu me reçois pas comme ça, le jour de la paye, d'habitude… »

Elle le repousse et se dirige vers la cuisine où elle a mis leur souper à réchauffer.

« C'est plus fort que moi, quand c'est le jour de la paye j'ai peur de te voir arriver avec ton coffre à outils…

« — J't'ai dit cent fois de pas t'inquiéter, on manquera pas de travail de sitôt.

— C'est la Crise partout autour de nous autres, Gabriel ! Le monde vont peut-être finir par couper les dépenses même dans la religion ! »

Il la rattrape, la prend par le bras, l'attire vers lui.

« Le monde couperont jamais dans la religion. Y a des imprimeries qui vont mal, je le sais, y a des gars à la taverne qui ont perdu leur job pis qui sont ben découragés, mais nous autres, tant qu'on aura l'évêché de Montréal comme client, on n'aura pas de problèmes. Le monde vont arrêter d'aller aux vues, mais y arrêteront pas d'aller à l'église…

— En tout cas, j'vois qu'y en a qui arrêtent pas d'aller à la taverne…

— Une fois par semaine, Nana, une fois par semaine j'vas prendre un verre à la taverne, y en a des ben pires que moi !

— J'aime pas ça pareil. Ça commence par une fois par semaine…

— Écoute, c'est pas le tèmps de s'astiner pour une affaire aussi niaiseuse, Noël s'en vient pis j'ai une bonne nouvelle… »

Il s'attable pendant que Nana remplit leurs assiettes d'un reste de soupe au bœuf qu'elle allonge chaque après-midi, depuis le lundi précédent, en y ajoutant du bouillon, des légumes ou des petites pâtes. Il n'y a plus de viande, mais ça reste toujours aussi délicieux.

Les enfants sont venus les rejoindre. Nana leur donne un bout de pain beurré et ils vont s'asseoir à côté du poêle où il fait chaud. Mais pas trop près, ils ont été prévenus depuis longtemps de se méfier de la porte du four qui est souvent brûlante.

« Elle a besoin d'être bonne, ta bonne nouvelle… »

Il prend quelques cuillerées de soupe avant de lui répondre.

« La preuve que ça va bien à l'imprimerie, le boss va me donner une dinde, pour Noël. Une grosse de vingt livres ! Pis j'ai pensé… On pourrait recevoir ta famille ! Pas la mienne, y viendront pas à cause de mon père, mais la tienne…

— Moman va probablement travailler…

— On mangera plus de bonne heure, c'est toute. Pis ta mère commence jamais à travailler avant neuf dix heures du soir… Tes sœurs, ton frère, y seraient contents, non ?

— On verra.

— Tu pourrais inviter tes deux tantes, aussi. Sont toujours tu-seules aux fêtes… Béa pourrait t'aider, c'est déjà une bonne cuisinière. On a les moyens, Nana, arrête de t'inquiéter comme ça ! »

Elle repousse son assiette, prend une gorgée d'eau.

« Chus pas capable. Chus pas capable de pas m'inquiéter. C'est ben beau la dinde, chus ben contente, mais ça se mange pas tu-seule, une dinde ! Y faut qu'y aye des affaires autour ! Des tourtières pour manger avant, des tartes aux pommes, des beignes pour manger après ! Un peu de vin, un peu de fort pour porter des toasts ! Pis si tu veux savoir, c'est la dinde qui coûte le moins cher dans tout ça, en fin de compte ! Vous savez pas ces affaires-là vous autres, les hommes, vous pensez que le manger arrive tu-seul sur la table… »

Elle s'interrompt d'un seul coup au milieu de sa phrase.

« X'cuse-moi. J'sais pas si c'est mon état qui me rend comme ça… Mais… On va avoir un troisième enfant, Gabriel, un enfant qu'on n'avait pas décidé d'avoir, qui est arrivé comme une surprise… J'peux pas pas m'inquiéter, comprends-tu?»

Il se lève, contourne la table, la prend par le cou.

«Une bouche de plus à nourrir, c'est pas la fin du monde…»

Elle se mouche, s'essuie les yeux, se frotte le ventre.

«C'est ça que tu penses… Y a pas juste la bouche à nourrir, t'sais, y a tout c'que la présence d'un bébé demande! Les vêtements, les couches… Mais je suppose que c'est pas à toi à penser à ces affaires-là… Pis tu t'es même pas aperçu qu'on avait faite l'arbre de Noël! Ça nous a pris toute l'après-midi!»

Il se précipite vers la porte de la cuisine, longe le corridor en courant et pénètre dans le salon.

«Mais y est ben beau! Y est ben beau c't'arbre-là! C'est le plus beau que j'ai jamais vu!»

Les enfants, ravis, se lèvent et vont rejoindre leur père en courant.

Nana ramène son assiette vers elle, prend une cuillerée de sa soupe qui a eu le temps de tiédir.

Manger, même si elle n'en a pas le goût.

Sa mère l'avait prévenue que les hommes sont inconséquents, qu'ils n'ont pas vraiment le sens de la réalité, qu'ils se laissent fréquemment aller à la rêverie plutôt que de faire face à leurs problèmes. Qu'ils noient souvent tout ça dans la boisson. Maria en a chaque soir la preuve au Paradise, chaque soir, où s'attardent des hommes qui esquivent leurs responsabilités en riant trop fort pour essayer d'oublier ce qui les attend à la maison, cette vie de famille qu'on leur avait tant vantée, la petite existence rangée, le foyer réconfortant, alors qu'ils n'ont souvent trouvé que désillusion et angoisse.

Son amour pour Gabriel est toujours intact, les frissons qu'il déclenche en elle ne se sont pas atténués avec le temps – cinq ans déjà! –, elle adore les enfants qu'il lui a donnés et est prête à en accueillir d'autres malgré la précarité de leur situation financière qui frôle de plus en plus la pauvreté, mais un petit quelque chose, une ombre sous la forme de soupçons, est venu entacher l'admiration qu'elle lui portait au début de leur mariage. Il est travaillant, oui, il est courageux, son petit côté rêveur, toutefois, peut-être hérité de son père – Josaphat, qu'il croit encore être son oncle –, la façon qu'il a de ne pas toujours accepter de voir la réalité en face, sa fuite dans la boisson qu'il refuse d'avouer – il ne sent pas la bière juste le vendredi comme il le prétend –, tout ça l'inquiète de plus en plus, et parfois, surtout au milieu de la nuit quand la maudite insomnie déclenche en elle des idées noires contre lesquelles elle reste impuissante, elle en vient à se demander, elle en a honte, elle lutte en vain, si en fin de compte il est bien l'homme qu'elle avait cru. Et si ce n'est pas elle qui devra toujours se débattre pour leur garder la tête hors de l'eau.

Elle les écoute rire et chanter dans le salon, les trois êtres les plus importants de sa vie. C'est là-dessus qu'elle devrait se concentrer, ces moments de pure joie qui fusent dans la maison parce que Gabriel est un homme bon qu'elle ne devrait pas se permettre de juger, qu'il l'aime et qu'il fera tout en son pouvoir pour subvenir à leurs besoins.

Elle se lève, remet le chaudron sur le feu, ouvre la porte du four pour vérifier si le poulet n'a pas trop cuit.

« Gabriel! Le poulet est en train de sécher! »

D'autres rires, une cavalcade à travers le corridor, Gabriel déboule dans la cuisine, un enfant sur chaque bras.

« Dis à ton poulet qu'y perd rien pour attendre! »

Un mauvais rêve. Il s'est réveillé en sursaut, soulagé de se retrouver dans son lit. À quoi vient-il d'échapper ? Il a l'impression qu'une ombre furtive s'éloigne de lui. Il a failli se confronter à quelqu'un ou à quelque chose de menaçant, il s'est débattu, il a crié, peut-être a-t-il couru parce que son cœur bat et qu'il a chaud. Il fait pourtant froid dans sa chambre, sa mère ne se lèvera pas avant quelques heures pour partir la fournaise à charbon. Il a soif. Il étire le bras, prend son verre d'eau posé sur la table de chevet, en boit de longues lampées. C'est froid. C'est bon. Il reste couché sur le dos, les bras allongés le long de son corps par-dessus les couvertures. Il regarde vers le plafond qu'il ne voit pas parce qu'il fait trop noir dans la pièce. Ses yeux vont s'habituer, il va d'abord deviner les contours de la petite fenêtre percée très haut sur le mur parce que l'appartement est situé au sous-sol puis, petit à petit, les meubles vont apparaître, la porte fermée, les affiches collées sur les murs dont il ne verra pas les sujets, Joséphine Baker, dont il vient juste de faire la connaissance, habillée comme un perroquet et qui vante les vertus de ses deux amours, son pays et Paris, une annonce de dentifrice Ipana avec un monsieur à moustache et une madame permanentée sur le point de s'embrasser… Il voudrait s'endormir avant, sinon il va tourner dans son lit le reste de la nuit et se lever épuisé. Les journées sont éreintantes au magasin de chaussures, tout le monde semble vouloir s'acheter des souliers pour Noël. Il veut rester chez Giroux & Deslauriers, avec mademoiselle Desrosiers, et il doit se montrer à la hauteur. Prendre une grande respiration, expirer. Recommencer jusqu'à ce que son cœur se calme. Des images nébuleuses lui reviennent en mémoire. Il n'essaie pas de se souvenir de son rêve, il n'y arrive presque jamais, mais des bouts de silhouettes lui apparaissent, des bribes de sensations lui serrent le cœur. Ça se passe pendant une fête. Il y a beaucoup de monde puis, tout à coup, il est seul avec quelqu'un. Quelqu'un de dangereux? Non. Pas encore. Ça viendra plus tard. Pour le moment, ce quelqu'un… Un nom semble vouloir s'imposer… Un nom qui passe à une telle rapidité devant ses yeux qu'il n'a pas le temps de le lire… Léon? Léo? Non, Léopold! Le cousin Léopold! Pourquoi pense-t-il au cousin Léopold, comme ça, au milieu de la nuit, une vague connaissance du côté de son père dont il n'a jamais su s'il était de la parenté ou juste un ami de la famille? Est-il seul avec le cousin Léopold? Dans une chambre à la porte fermée? Un bras se tend dans le noir. Une main frôle sa joue… Puis les souvenirs, du rêve mais aussi de cette journée de première communion de sa sœur Albertine, il y a plus de dix ans, déferlent, mélangés, à la fois précis et flous, une bouche sur la sienne, un goût de cigare et de rye, des mots sont murmurés, des caresses se font plus précises, il veut crier, mais il ne sait pas si c'est pour appeler au secours ou… exprimer quoi? De la peur? De la joie? Non, de l'excitation! Il est excité! Ce que le cousin Léopold lui fait l'excite! Il sent qu'il ne faudrait pas parce que la porte de la chambre est fermée, qu'il… qu'il n'est qu'un enfant, que la main du cousin Léopold est posée à un endroit interdit de son corps, mais… Il se tourne dans son lit, ramène ses jambes sur son ventre. Pourquoi est-ce que ce soubresaut de souvenir, provoqué par un mauvais rêve, lui donne une érection? Il n'a pourtant jamais repensé au cousin Léopold après l'incident, il a enfoui ce souvenir dans un coin inaccessible de son esprit, même quand il s'imagine à la place de la femme sur l'affiche du dentifrice Ipana, même quand il se prend pour Antoinette de Navarreins, même quand il rêve qu'il rencontre quelqu'un comme lui… Est-il retourné, le temps d'un cauchemar, le temps d'un souvenir, à la source de tout ça? Le cousin Léopold est-il responsable ou est-il seulement l'élément déclencheur? Sans le cousin Léopold, y aurait-il une affiche de Joséphine Baker sur le mur, ce fantasme de la carmélite déchaussée en lui? Il sait qu'il va se masturber, qu'il va le regretter tout de suite après parce qu'il faut, les curés le crient à l'année longue, se sentir souillé et coupable quand on s'adonne à cette chose si laide et pourtant si gratifiante. S'il lutte, il ne se rendormira pas; s'il se laisse aller, après le court moment de culpabilité, son corps va se détendre, une mollesse va l'envahir, ses yeux vont se fermer tout seuls. Il se retourne sur le dos, plie des couvertures sur ses genoux.

Quelques minutes plus tard, juste avant de s'endormir, il lève le bras au-dessus de lui dans le noir, esquisse un geste qu'il croit distingué.

«Je suis Antoinette de Navarreins, duchesse de Langeais, carmélite déchaussée, je vends des souliers, et je suis dangereuse.»

«Pour t'aider. Pour te seconder. Mais surtout parce que j'peux pas me passer de toi.»

Ti-Lou, comme chaque fois que Maurice lui rend visite, a posé un morceau de tissu rose sur la lampe de chevet. C'est flatteur autant pour lui que pour elle. S'il ne voit pas ses rides à elle, estompées par la douceur de la lumière, elle ne voit pas non plus l'empreinte de l'âge qui marque de plus en plus son visage à lui aussi. Surtout à cause de l'inquiétude qu'elle lui cause. Ils ont fait l'amour avec une infinie douceur – Maurice évitait les mouvements trop brusques pour ne pas faire souffrir sa partenaire –, se sont longtemps attardés, après, silencieux, les membres emmêlés, le souffle court. Maurice doit partir pour Charlevoix dans deux jours – une réunion monstre de la famille Trottier pour les fêtes –, ils ne se reverront que le matin de l'entrée de Ti-Lou à l'hôpital, le 4 janvier. Ce que refuse Ti-Lou.

Puis la discussion a recommencé là où ils l'avaient laissée la dernière fois.

Ti-Lou a défendu encore une fois à son policier d'aller la conduire à l'hôpital, elle est même allée jusqu'à lui interdire de venir la visiter après l'amputation qu'elle appelle l'*opération* parce qu'elle ne veut pas prononcer le mot qui la fait frémir, frôlant de près le sujet de la séparation définitive sans toutefois l'aborder de front parce que le courage lui manque. Il faudrait que ça vienne de lui, elle souhaiterait qu'il l'abandonne, qu'il se trouve une raison, n'importe quoi, une vétille, une niaiserie, pour ne plus la revoir, qu'il joue les goujats, qu'il assume le rôle du méchant, qu'il lui fasse payer à elle toutes les choses qui seront désormais impossibles entre eux, les complications d'un handicap, la laideur, surtout la laideur d'une ancienne belle femme crucifiée dans un fauteuil ou clouée dans son lit. Elle ne veut pas lui imposer ce dégoût qu'il ressentirait sans doute à la vue du moignon, du maudit moignon au bout d'un reste de jambe désormais inutile. Rester irrémédiablement seule avec sa jambe unique. Pas pour s'habituer, elle sait qu'elle ne s'habituera jamais, pour prendre le temps de bien assimiler, avant de l'accepter, la solitude qu'elle se sera imposée autant que le long tunnel qu'elle aura emprunté et qui la mènera sans rémission à la mort. Rapide ou lente.

Il a deviné ses intentions, compris leur raison d'être. Il a protesté, il a lutté contre un mur d'arguments qu'il trouvait ridicules et que Ti-Lou lui lançait comme autant de flèches blessantes. Elle a voulu provoquer son départ, elle n'a réussi qu'à renforcer son intention de rester auprès d'elle. Maurice, la main posée sur le ventre de Ti-Lou, se voit obligé de s'expliquer, à mots couverts parce qu'ils sont convenus de ne jamais parler d'amour, de parer ses attaques, sans avoir l'impression d'avancer d'un seul pas, alors qu'il avait cru le cas réglé la dernière fois. C'est épuisant. Et c'est inutile parce que, qu'elle le veuille ou non, il sera là à son réveil.

« Arrête de dire ça. T'es très capable de te passer de moi… »

Un petit quelque chose au fond de son œil qui ressemble, s'il ne se trompe pas, à un soupçon de lueur d'espoir lui suggère qu'il devrait peut-être insister encore un peu, que sans l'avouer Ti-Lou est flattée, qu'il reste, sous la couche d'orgueil, enfoui sous la montagne d'arguments répétés au point d'en devenir inefficaces, un désir qu'elle croit sans doute honteux et qui est loin de l'être, qu'il faut qu'il la convainque, qu'il lui fasse rendre les armes. Une sorte d'appel au secours inavouable pour elle, une ultime attente. Une dernière étincelle de résilience qui cache un secret désir d'abdication ?

C'est si fragile, si ténu, qu'il devrait prendre mille précautions. Mais il se décide pour la simple franchise.

Il pose la tête sur son ventre, ose allonger le bras vers la jambe malade, la frôle avec précaution.

« Que tu le veuilles ou non, j'vas être là. J'vas laisser faire la réunion de famille. De toute façon, j'avais pas le goût de m'éloigner de toi. J'vas être là pour aller te reconduire à l'hôpital, j'vas être là pour t'installer dans ta chambre, j'vas être là quand y vont venir te chercher pour l'opération pis quand tu vas revenir de la salle de réveil. J'vas être la première personne à qui tu vas parler, pis j'vas te tenir la main pour que tu paniques pas. Pis si tu paniques, c'est moi qui vas demander des médicaments pour te calmer. Quand tu vas faire tes premiers exercices de réhabilitation, c'est moi qui vas t'aider. Si tu te décourages, j'vas te pousser dans le dos. Pis j'insiste pour te payer tes premières béquilles pis être présent quand tu vas sortir de la maison pour la première fois, au printemps… J'veux pus de protestations, j'veux pus de menaces. Si je sentais que tu veux vraiment pus me voir, j'm'en irais pis t'entendrais pus parler de moi. Mais c'est pas ça que je sens. Arrête d'avoir peur que je te laisse. À cause d'une jambe coupée. Une jambe coupée changera pas ce que je pense de toi, ce que tu me fais, ce que je ressens pour toi. On n'aura même pas à vivre quequ' chose de différent. Je te le jure. Tout va rester comme avant. En tout cas, c'est ce que je veux. »

Elle a mis ses mains dans les cheveux de Maurice. Une petite pression du bout des doigts pour lui faire comprendre qu'elle accepte, puis elle la retire.

Enfin.

Il sait qu'il n'a rien à ajouter, que le pacte est conclu. Il relève la tête, esquisse un de ces petits sourires narquois qu'elle trouve si beaux, si désarmants, et qui la font rire.

« En attendant, j'ai une surprise pour toi… »

Il ne prend pas la peine de se couvrir, il fait presque trop chaud dans la chambre. Il traverse la pièce tout nu en mimant des gestes de conspirateur, marche sur le bout des pieds comme les méchants dans les films américains – mauvais acteur, il fait tout mal, au point que c'en devient attendrissant –, sort dans le corridor, revient une minute plus tard avec un paquet enveloppé dans un papier de soie lilas que Ti-Lou reconnaît tout de suite. C'est celui qu'utilisait madame Carlyle à la boutique du Château Laurier, à Ottawa. Est-elle toujours là, derrière son comptoir de babioles insignifiantes, de souvenirs *Made in Canada* tous plus laids les uns que les autres, raide dans sa robe sévère et l'air méchant de celle qui ne s'est jamais résignée à son triste sort ? Ti-Lou n'a pas repensé à elle depuis cinq ans et se l'imagine toute vieille, toute cassée, mais toujours aussi frustrée et amère derrière son présentoir de bois verni.

Elle se redresse dans son lit, remonte les oreillers.

Maurice dépose le cadeau sur ses genoux.

«Mon boss est allé à Ottawa la fin de semaine passée pis j'y ai demandé d'aller acheter ça pour toi au Château Laurier...»

Elle devine tout de suite ce que c'est, non seulement à cause de l'emballage, mais surtout parce que l'odeur qui monte de la boîte, à travers le papier de soie, la fait saliver et lui remplit les yeux de larmes.

«T'as pas fait ça! Mais tu veux me tuer!»

Elle enlève la boucle de ruban rouge, déchire le papier.

Une boîte de Cherry Delights.

Maurice s'assoit au pied du lit.

«J'ai pensé qu'au point où t'en es, c'est pas quequ' Cherry Delights qui vont changer quoi que ce soit... Paye-toi une dernière traite, ça va te faire du bien.»

Elle ouvre la boîte. Un arôme de chocolat noir, riche, enivrant, monte aussitôt dans la chambre. Elle soulève le papier glacé qui recouvre le premier étage de bonbons.

«T'as pas fait ça...»

Maurice, ravi, la regarde en riant.

«Je savais que t'en trouvais pas à Montréal, que ça te ferait plaisir même si ça risquait de te tuer! Si jamais tu tombes dans le coma, j'appellerai l'ambulance!»

Elle prend un chocolat sans hésiter et le met dans sa bouche.

C'est encore meilleur que le souvenir qu'elle en gardait. Le chocolat noir, corsé, presque amer, qui explose tout de suite dans la bouche, la liqueur de cerise qui coule sur la langue, la pulpe de fruit qu'elle n'ose pas croquer pour faire durer le plaisir... C'est si sucré que c'en est presque salé. Elle mâche longtemps, avale le jus, attend que le reste fonde sur sa langue et contre son palais.

Elle s'est appuyée à la tête du lit, une main sur le cœur.

« Comment j'ai fait pour me passer de ça pendant cinq ans sans devenir complètement folle ? »

Elle pousse la boîte vers Maurice.

« Prends-en un, au moins… »

Il fouille dans la jolie boîte de carton comme s'il était à la recherche d'un chocolat en particulier.

« Prends n'importe lequel, y goûtent toutes pareil…

— Je le sais, mais j'aime le bruit que le papier ciré fait. Ça me rappelle mon enfance.

— T'as mangé beaucoup de chocolats quand t'étais enfant ?

— Non, justement. Pis quand on en avait, ma mère gardait la boîte vide pendant des mois parce que les petits contenants de papier sentaient longtemps… »

Il savoure le chocolat à la cerise, fait une mine appréciative, l'avale.

« Ça a pas l'air de beaucoup te pâmer.

— C'est délicieux, mais je pense que c'est autant tes souvenirs d'Ottawa que le chocolat lui-même qui te fait cet effet-là… Moi, ça serait n'importe lequel… Mais va pas penser que je les trouve pas bons, là, sont délicieux ! »

Elle lui donne une tape sur la main.

« Ces chocolats-là sont la meilleure chose que j'aie mangée dans toute ma vie, un point c'est tout… Pis mes souvenirs d'Ottawa ont rien à voir avec ça ! C'est le goût du chocolat, de ce chocolat-là, qui me pâme ! »

Elle en pige un deuxième, ferme les yeux.

« En tout cas, si jamais je tombe dans le coma, appelle personne ! Au moins, je serai morte heureuse ! »

«T'es sûr que tu t'en vas juste aux vues, habillé de même, toi? T'as l'air de t'en aller à' grand-messe!»

Madeleine, Albertine et Victoire sont assises au salon. Victoire reprise des chaussettes de laine qui appartiennent à son mari, Madeleine se fait les ongles, un magazine de mode posé sur les genoux – c'est une soirée sans visite d'Alex, elle peut donc se laisser un peu aller –, Albertine, quant à elle, regarde dans le vide depuis une bonne demi-heure. On ne sait pas si elle boude ou si elle trame quelque mauvais coup. Depuis sa crise au Rougemont, elle ne parle plus à personne dans la maison, répond aux questions de sa mère par monosyllabes, se couche tôt, file au travail avant Madeleine, le matin, pour ne plus avoir à faire le chemin avec elle, se retire dans sa chambre en soupirant comme une âme perdue quand Alex vient rendre visite à sa sœur.

Victoire s'inquiète, Madeleine s'en trouve soulagée.

Albertine est un poids mort, sa présence dans l'appartement – un fantôme silencieux qui erre à travers les pièces comme un reproche vivant – est parfois insupportable, elle le sait et ne fait rien pour y remédier. Au contraire. Le front plissé et la bouche amère, elle avale aux repas ce que sa mère lui sert sans sembler en tirer quelque plaisir que ce soit, ne regarde jamais sa sœur en face – il lui arrive cependant de la fusiller du regard quand elle a le dos tourné – et ne se moque même plus de leur frère qu'elle a pourtant terrorisé pendant toute leur enfance.

Qui, ce soir, frôle le ridicule.

Du moins à son avis.

Souvent engoncé dans de vieux vêtements trop petits pour lui, de toute évidence mal dans sa peau, distrait, facilement pleurnicheur, Édouard a toujours eu l'air d'un enfant qui veut se faire oublier. C'est ça, son frère Édouard, c'est la seule image qu'elle a de lui. Un gros garçon malhabile qui trouve difficilement sa place dans le monde parce qu'il manque de personnalité. Mais ce soir, grâce à une avance sur son salaire accordée par sa patronne, il est habillé de neuf de pied en cap, souliers cirés et cravate voyante, un chapeau de feutre sur la tête au lieu de sa sempiternelle tuque, il a plutôt l'air d'un mauvais garçon qui s'apprête à faire un coup pendable, ce qui ne lui va pas du tout. Un homme qui viendrait de surgir du corps de son petit frère. Et Édouard n'est pas encore un homme. De toute façon, il ne sera jamais un homme comme les autres. Il a l'air déguisé, comme ça, elle voudrait le lui dire, lui commander d'aller remettre ses vieux vêtements, de revêtir sa vieille identité si réconfortante.

Mais c'est Madeleine qui a parlé.

Édouard ne répond rien. Il se contente de rougir en enfilant ses gants de laine.

Victoire dépose son ouvrage dans son panier à tricot, se lève en se tenant les reins.

« J'aime pas ben ben ça te voir partir pour les vues à c't'heure-là. Y est ben tard, ce film-là ! »

Édouard ne la regarde pas en lui répondant et Victoire se dit que cette sortie cache décidément quelque chose de louche.

« Y avait deux films, moman, pis le premier m'intéressait pas... Celui-là commence pas avant neuf heures et demie...

— Y va finir à onze heures, Édouard, à quelle heure tu vas rentrer ! Tu travailles demain !

— Quand y a deux films, on rentre passé onze heures, moman, pis vous dites rien ! Ça vous dérange qu'aye juste une vue qui m'intéresse ?

— Édouard ! Change pas la conversation ! C'est ta grande spécialité, ça, quand tu veux pas répondre à nos questions !

— J'ai répondu à vos questions, moman !

— T'as répondu à côté de mes questions, c'est pas la même chose ! »

Elle s'est approchée de lui pour nouer son foulard et bien fermer son manteau. Il ne manquerait plus qu'il prenne froid.

« En plus, tu sens le parfum !

— C'est pas du parfum, c'est de la crème après-rasage.

— C'est rendu que tu te rases plus qu'une fois par semaine ! Où ça ? Derrière les oreilles ? T'as pas de barbe !

— Moman, ça va faire ! Laissez-moi tranquille, là ! Chus pus un enfant ! J'vas avoir dix-huit ans bientôt, j'gagne ma vie, j'ai ben le droit d'aller aux vues de temps en temps ! Pis à l'heure que je veux ! »

Madeleine éclate de rire. Même Albertine semble tendre l'oreille à l'échange entre sa mère et son frère. Madeleine se lève, vient embrasser son frère sur les deux joues.

«Vas-y donc, aux vues, Édouard. Pis rentre donc tard. Y est temps que tu sortes un peu de ta coquille… Mais c'est vrai que ta crème après-rasage sent pas ben ben bon… C'est pas avec ça que tu vas attirer les filles…»

Un silence tombe dans le salon. Les quatre personnes qui s'y trouvent ont rougi en même temps. Pensent-elles toutes la même chose? Le mot fille a-t-il déclenché un embarras qui les empêche de continuer de parler? Personne ne regarde personne lorsqu'Édouard se dirige vers l'escalier qui monte à la ruelle des Fortifications.

Sa mère le suit, grimpe les marches derrière lui. Arrivée en haut, elle le prend par la manche de manteau.

«J'voudrais te demander quequ' chose…»

Il se tourne vers elle, lui passe le dos de la main sur la joue.

«Vous voulez que j'aille chercher popa à' taverne, c'est ça?»

Elle baisse la tête, se passe une main dans les cheveux comme pour remonter encore plus haut le nœud serré qu'elle porte lorsqu'elle a un dur travail à abattre – aujourd'hui c'était encore le plancher du vestibule d'entrée qui avait besoin d'un bon récurage – et qui n'a pas bronché d'un poil depuis le matin.

«En tout cas, j'aimerais ça que t'ailles voir si y est là. Pis dans quel état.

— J'aurais pas le temps de vous le ramener, moman.

— Demande à quelqu'un, à un de ses chums…

— Y sont aussi soûls que lui.

— Laisse faire, d'abord…

— Non, non, j'vas y aller. Mais je peux pas vous promettre qu'y va revenir tu-suite.

— C'est correct. J'vas laisser la porte débarrée, j'pense qu'y a oublié sa clef... »

Il se penche pour l'embrasser. Elle lui murmure à l'oreille :

« T'en vas-tu vraiment aux vues, Édouard ?

— Ben oui, moman, j'm'en vas vraiment aux vues. J'vous conterai tout ça demain matin. »

Le salon est retombé dans le silence. Madeleine pose du vernis sur les ongles de sa main droite, Albertine fait semblant de lire. Madeleine a envie de lui dire qu'elle tient son magazine à l'envers juste pour provoquer une réaction.

C'est peut-être le moment. Le moment qu'elle évite depuis la fin du souper.

Elle avait d'abord décidé d'attendre qu'elles soient couchées pour lui parler. Juste après qu'elles auraient éteint la lumière. Profiter de l'obscurité pour éviter d'être témoin de l'effet que ferait la nouvelle sur sa sœur. Qui se contenterait peut-être de se retourner dans son lit en pleurant. Mais ce serait lâche de sa part. Elle doit lui parler maintenant, affronter la tempête en espérant qu'elle ne durera pas toute la nuit.

Dieu que la vie est compliquée.

Elle secoue sa main, souffle sur ses ongles.

« J'ai quequ' chose à te dire, Bartine.

— J'ai pas le goût de t'écouter, Madeleine. »

Albertine ferme le magazine, le lance par terre, se croise les bras.

« De toute façon, j'sais c'que tu vas me dire...

— Ben non, tu le sais pas...

— En tout cas, chus sûre que ça concerne Alex...

— Évidemment que ça concerne Alex ! On dirait qu'y a pus rien d'autre entre nous deux...

— Y a de quoi ! »

Madeleine visse le bouchon de la bouteille de vernis à ongles qu'elle tient du bout des doigts.

« Une chance qu'on s'en met pas souvent… Ça sent tellement fort. »

Elle dépose la bouteille sur la petite table d'appoint en cherchant comment aborder la question. Ce qu'elle a à apprendre à Albertine est délicat et elle doit bien choisir ses mots. Elle se tourne vers sa sœur qui s'est replongée dans ses pensées en fermant les yeux. Si elle s'arrangeait un peu, du rouge à lèvres, une touche de maquillage, si elle quittait son air bête, surtout, elle pourrait être jolie. Mais ce front buté, ce perpétuel froncement de sourcils, ces gestes nerveux, presque brusques, découragent quiconque de l'approcher. Et quand elle se radoucit, quand elle se laisse aller à s'intéresser à quelqu'un, Alex en a été la preuve, elle devient possessive à l'excès, elle étouffe la personne sur laquelle elle a jeté son dévolu et finit par l'écraser sous trop d'attentions. Malhabile dans la solitude, malhabile en amour. Sa sœur Albertine en une phrase.

« Y faut que je te dise quequ' chose… Pis je veux pas de crise comme au Rougemont, tu m'entends ? Prends-le comme tu voudras, mais… »

Albertine va sans doute se lever en criant, elle va marcher de long en large dans la pièce en donnant des coups de pieds rageurs dans tout ce qu'elle va rencontrer sur son chemin, le sofa, les fauteuils, le tapis, peut-être même sur elle.

« Écoute, fallait ben en venir là un jour… J'ai invité Alex pour le souper de Noël. Après avoir demandé la permission à moman, ben sûr. Chus désolée d'être obligée de t'imposer ça, mais on peut pas s'empêcher de vivre, tu comprends, juste parce que t'as déjà sorti avec… Y faut qu'on mette ça derrière nous autres, tout le monde, c'est passé, ça reviendra pas, ça sert absolument à rien de toujours revenir là-dessus… Alex va s'asseoir avec nous autres à table, y va manger de la dinde avec nous autres, y va se bourrer de tourtières pis de beignes, pis toi tu diras rien. Parce que t'as rien à dire dans tout ça.»

Aucune réaction. Albertine a gardé les yeux fermés, les bras croisés, on jurerait qu'elle n'a rien entendu. Pas même un frémissement sur son visage.

Elle dort peut-être.

«Ben dis quequ' chose! Reste pas de même! Si t'as une crise à faire, fais-moi-la tu-suite, attends pas pendant le repas de Noël devant tout le monde!»

Albertine tourne lentement la tête vers sa sœur. Mais elle n'ouvre pas les yeux pour parler.

«Que c'est que tu veux que je dise? Un coup de poignard de plus, ça fait pas plus mal.»

Elle se lève, ramasse son magazine et sort de la pièce.

Pas une larme.
Pas une seule.
Elle rêve souvent qu'elle pleure. Des flots salés, elle peut les goûter, lui mouillent les joues, coulent dans son cou. Elle a la bouche ouverte, comme pour hurler. Aucun son n'en sort. Il n'y a que des larmes. Qui lui font du bien. Son cœur est en lambeaux, son cerveau en feu, elle veut crier, mais au contraire de ce qui se produit lorsqu'elle ne dort pas, elle verse des larmes et reste muette. Dans la vie, elle crie, elle ne frappe pas avec la main, elle cogne avec des mots, pas toujours pertinents, elle ne les choisit pas, elle prend ceux qui passent, elle tape à l'aveuglette, sans essayer de viser juste, elle crie pour crier, improvise des monologues

souvent sans fin qui n'ont parfois ni queue ni tête et qui sont la seule expression possible de sa frustration. Les larmes la feraient peut-être taire. Elles ne viennent jamais. Sa mère lui a un jour dit qu'elle avait le cœur sec, elle avait eu envie de lui répondre qu'elle ne savait pas si bien dire.

Alors pourquoi n'a-t-elle pas fait de crise, plus tôt ? Pourquoi s'est-elle contentée d'une seule phrase – pour une fois efficace – au lieu d'agonir sa sœur d'injures comme elle l'aurait fait d'habitude ?

La fatigue. De tout ça. Alex. L'amour. La désertion d'un homme qui, en fin de compte, ne vaut sans doute pas la peine qu'on souffre pour lui. L'orgueil blessé. L'ironie du sort, le revirement de situation – sa sœur qui prend sans scrupule sa relève –, le mauvais sort, la bad luck, la maudite bad luck qui semble s'être plantée au cœur de sa vie de façon définitive. Et qui va la suivre partout et toujours, elle le sent, si elle ne se secoue pas, si elle ne réagit pas le plus tôt possible.

Partir. Sortir de là, de cette maison damnée dont se repaissent le malheur et la douleur, où tout le monde – sauf sa sœur, mais pour combien de temps – semble avoir un talent pour la souffrance : le père qui punit son manque de génie en buvant, la mère, martyre volontaire on ne sait pas trop pourquoi – pour se punir ? de quoi ? –, son frère au physique ingrat, cachottier et hypocrite, qui espionne et qui juge sans voir à quel point il est lui-même répugnant, elle avec ses crises incontrôlables et la rage qui lui ronge l'âme.

Accepter le premier venu, ce Paul quelque chose, par exemple, dont elle ne se souvient même pas du nom de famille et qui lui a demandé d'aller au cinéma avec lui, un bon soir ; oui, accepter n'importe qui, se faire faire un enfant, s'il le faut, pour être conspuée, pour qu'on la mette à la porte, marier un homme sans nom, pour sortir de là ! Sortir de là !

Aller être malheureuse ailleurs ?

Oui.

Pour changer le mal de place.

Madeleine ronfle doucement dans son lit. C'est Alex, à l'avenir, qui aura à endurer ça. En plus d'être condamné à vivre avec la femme la plus ennuyante de la planète, il aura à subir ses assauts sonores toutes les nuits.

Elle se tourne dans son lit.

Sourit.

Bien petite consolation. Mais tout de même…

Il est passé une dizaine de fois devant la porte du Paradise sans trouver le courage de la pousser.

Il ne sait pas ce qui l'attend à l'intérieur. L'invitation d'un acteur sur le retour, la vague impression que cette invitation dissimulait quelque chose, une promesse, qui pourrait le concerner, qui s'adressait à ce qu'il cache de plus intime en lui depuis qu'il a lu *La duchesse de Langeais*, un message, important, impératif – viens nous rejoindre, joins-toi à nous, on t'attend –, c'est là-dessus qu'il s'est basé pour courir jusqu'ici, le cœur battant, après quelques semaines d'hésitation, déguisé en homme mûr alors qu'il a encore l'air d'un enfant, pataugeant dans la neige molle qui vient de recommencer à tomber. Sans doute une idée folle, une illusion, un espoir ténu qui va s'écrouler dès qu'il aura franchi le seuil de ce lieu peut-être mal nommé et décevant. Du moins pour lui. Un club de nuit comme les autres d'où on le chassera dès qu'on s'apercevra qu'il est loin d'avoir l'âge requis. Il sera trop tard pour aller au cinéma, il devra errer à travers les rues pendant une bonne heure avant de pouvoir retourner chez lui raconter à sa mère un film qu'il n'aura pas vu.

Il vérifie si son pantalon ne traîne pas trop dans la gadoue. Oui. Il le relève, serre sa ceinture d'un cran en glissant ses mains sous son manteau. Un enfant qui perd sa culotte… Pourvu que personne ne l'ait vu.

La devanture de la bâtisse est pimpante, on dirait qu'on vient de la repeindre, qu'on a essayé d'égayer un peu cette partie du boulevard Saint-Laurent plutôt morne en étalant sur deux étages une grande tache rouge vif. Plus haut, vers la rue Sainte-Catherine, il y a beaucoup de lumière, du mouvement, déjà, malgré l'heure – les clubs de nuit viennent à peine d'ouvrir, le French Casino va se remplir peu à peu ; ici, à la hauteur de la rue Dorchester, seules quelques ombres rôdent en rasant les murs. Deux ou trois femmes, Édouard croit deviner que ce sont des prostituées, déambulent en tenant leur manteau d'hiver serré contre elles. Il rougit lorsqu'elles passent près de lui. Vont-elles l'aborder en riant comme il l'a si souvent vu au cinéma ? Non. Trop jeune ? Ou parce que, justement, l'espoir lui revient, il se trouve devant un endroit dont la clientèle n'est pas pour elles et qu'elles savent qu'elles perdraient leur temps ?

Retardant encore une fois le moment où il aura à pousser la porte s'il ne veut pas passer toute la soirée dans la neige, il s'approche de l'affiche annonçant l'artiste invité de la semaine, assez grande, encadrée par une série de petits lumignons clignotants qui n'est pas sans lui rappeler les lumières d'un arbre de Noël. Sur une petite table carrée un homme en patins à roulettes tourne à toute vitesse, semble-t-il, en tenant les bras au-dessus de sa tête. L'image est floue à cause du mouvement, on ne sait pas s'il est jeune ou non, mais il semble très mince, presque maladif. Son costume à paillettes reflète la lumière des projecteurs. Au bas de l'affiche, en lettres majuscules, on peut lire : SAMARCETTE, LA TOUPIE VIVANTE.

Samarcette? Quel drôle de nom. Et quelle bizarre façon de gagner sa vie! Qu'est-ce qu'il fait d'autre? Est-ce qu'il tourne comme ça sur sa petite table tout le temps que dure son numéro? Quel ennui!

Édouard s'approche plus près, colle presque son nez sur la photo. Le pantalon est vraiment trop collant. Dans le halo de l'éclairage, on devine la courbe du dos, le galbe des fesses...

Ça se passe si rapidement qu'il n'a pas le temps de réfléchir à ce qu'il fait. Sans l'avoir décidé – il le jurerait –, il gravit la petite marche qui mène au seuil du Paradise, pousse la porte et entre.

La première chose qui le frappe est l'odeur. Ça sent la bière comme à la taverne où, une heure plus tôt, il est allé dire à son père que sa mère l'attendait à la maison. Un parfum chaud, à la fois fade et sucré, un peu écœurant. Un autre refuge pour les déshérités, à la différence qu'ici les femmes sont admises... Mais au contraire de la taverne, toute de boiseries et de marbre et à l'éclairage éclatant, sorte de faux palais où les hommes peuvent aller se faire croire qu'ils sont les rois du monde en se soûlant, le Paradise est une grande boîte carrée, plutôt basse de plafond, sombre, presque caverneuse. Et, pour le moment, à peu près vide. Édouard est déçu. Il s'attendait à une atmosphère surchauffée, à un brouillard de fumée de cigarettes, à de la musique, peut-être du jazz, jouée par des musiciens en habit – encore le cinéma – sur une grande scène où auraient pu évoluer des danseuses en petite tenue, au moins un chanteur de charme. Au lieu de quoi il aperçoit dans un coin une petite estrade de bois où trône un simple piano droit, anonyme et pataud. Pas d'espace pour un orchestre, encore moins pour des danseuses en petite tenue. Il se surprend même à se demander comment la toupie vivante va se débrouiller pour faire du patin à roulettes là-dessus. Et où sont les spotlights qui vont faire reluire son costume trop serré ?

Il fait si sombre qu'Édouard hésite avant d'avancer entre les tables désertées et reste près de la porte, presque caché, en se demandant s'il ne devrait pas s'enfuir tout de suite avant que sa déception ne devienne encore plus cuisante.

A-t-il mal interprété les paroles de Xavier Lacroix ? A-t-il magnifié encore une fois, maudit rêveur qu'il est, ce que quelqu'un lui a dit – qui n'était en fait qu'une simple invitation – pour en faire une sorte d'invraisemblable promesse, un rêve utopique dans lequel il pourrait se vautrer, hors de la vue du reste du monde, avec des hommes comme lui, même s'il ne sait pas encore tout à fait ce que ça signifie ? A-t-il, comme d'habitude, écarté la dure réalité pour aller se réfugier dans l'illusion facile parce que c'était plus commode ?

Cet endroit n'est de toute évidence pas digne de la duchesse de Langeais.

Même la sienne.

Quelqu'un lui crie de s'asseoir n'importe où, que les tables de cette section ne sont pas réservées. Il avance à petits pas, étonné qu'on lui ait parlé de réservations, tire la première chaise qui se présente à lui, s'assoit. Il se relève aussitôt pour enlever son manteau qu'il pose sur un dossier voisin. Il ne restera pas longtemps, mais il fait chaud et il ne veut pas ressortir de cet endroit en sueur. De quoi attraper son coup de mort. Et une série de questions gênantes de la part de sa mère.

Un grand rire lui parvient de l'autre bout du Paradise, puis des cris, des applaudissements. Il ne sait pas si c'est un homme ou une femme qui a ri. Un groupe de personnes qu'il devine dans l'obscurité semble s'amuser. Tant mieux pour eux. Il regarde sa montre. Dix heures dix. S'il décide de rester, il devra partir au plus tard à onze heures de façon à revenir à la maison à une heure décente sans que sa mère se doute de cette première incartade.

Une serveuse s'approche de lui. Il ne lève pas la tête pour qu'elle ne voie pas son visage.

« Qu'est-ce que je peux te servir, mon trésor ? De la bière ? Du fort ? »

Il commande une bière en déguisant sa voix. Pourvu que la serveuse ne se rende pas compte qu'elle a affaire à un client trop jeune...

« Édouard ? Qu'est-ce que tu fais ici, toi ? »

Il se redresse, la dévisage.

Il avait oublié que la mère de sa belle-sœur Nana travaille ici depuis des années. En fait, il ne l'avait pas oublié, il avait simplement occulté cette information, pourtant importante, ou passé par-dessus parce qu'elle dérangeait son rêve, les accroires qu'il s'était faits pour ne pas avoir à faire face à une situation gênante. Il s'était dit qu'elle serait absente le soir où il se présenterait au Paradise, ou bien qu'elle ne le reconnaîtrait pas sous son déguisement, ou bien qu'il réussirait à l'éviter.

Il ne trouve bien sûr rien à répondre. Pour la simple raison qu'il ne sait pas au juste pourquoi il est là.

« T'as pas l'âge ! C'est vrai que des fois on laisse entrer du monde plus jeune que vingt et un ans, tous les clubs de la Main font ça, mais toi t'es quasiment un enfant ! »

Va-t-elle le prendre par la peau du cou et le jeter à la rue ? Appeler sa mère pour le dénoncer ? Déclencher dans sa vie un cataclysme dont il se passerait volontiers ?

Elle s'assoit en face de lui. Soupire en secouant la tête.

«Écoute... Ça se peut que je sache pourquoi t'es ici. Mais t'as quand même pas l'âge.»

Il fait un air si piteux qu'elle prend une de ses mains dans les siennes.

«J'sais que ça t'a pris du courage pour entrer ici, que ça t'en prendrait encore plus pour traverser le club, pour passer le cordon rouge, là-bas, dans le *ringside* pour aller rejoindre les autres... Mais t'es juste un enfant, Édouard...

— Chus pus un enfant, ma tante...

— Appelle-moi pas ma tante, chus pas ta tante! Pis, oui, t'es encore un enfant! Un enfant, même précoce, entre pas dans un endroit comme ici!

— J'peux quand même pas attendre trois ans!

— On te demande pas d'attendre trois ans, on te demande juste d'attendre de pus avoir l'air d'un premier communiant! Si jamais y avait une descente...»

Il a bondi sur sa chaise.

«Y a des descentes?

— Y en a pas encore eu, mais ça veut pas dire que ça peut pas arriver... On sait jamais avec la police... Même avec les enveloppes brunes qui circulent...»

Elle se relève en lui faisant signe de quitter sa chaise lui aussi. Il ne bouge pas.

«Édouard, fais-moi pas me fâcher. Essaye... essaye de trouver une autre façon de faire des rencontres...»

De quelles rencontres parle-t-elle? Elle a deviné?

Des cris s'élèvent dans le *ringside*, d'autres applaudissements crépitent, quelqu'un crie avec une voix de fausset que «c'est la boisson pis le cul qui mènent le monde», on l'applaudit de plus belle.

Des têtes se sont tournées, des haussements d'épaules ont été esquissés, quelques moqueries ont fusé des tables situées en dehors de l'espace ceinturé d'un cordon rouge, puis l'apathie est retombée dans le Paradise. Sauf dans le *ringside*, évidemment, d'où proviennent d'autres rires gras et d'autres cris stridents.

Maria essuie ses mains sur son tablier.

« Ça me fait de la peine de te demander de t'en aller, Édouard, mais… »

Un gros homme s'est approché d'eux. Il se plante entre Maria et Édouard, les mains sur les hanches.

« Qu'est-ce qui se passe, ici ? Un client qui fait du trouble, Maria ?

— Y fait pas de troubles, monsieur Vadeboncœur, y est juste trop jeune. »

Elle se lève, replace le petit mouchoir qu'elle garde dans la poche de sa blouse blanche.

Le nouveau venu scrute le visage d'Édouard, sourit.

« J'comprends donc ! T'es ben jeune pour venir boire dans un club, mon garçon… »

Édouard redresse la tête.

« Chus pas venu ici pour boire ! »

S'il faisait moins sombre dans le Paradise, les deux autres l'auraient vu rougir.

« Pourquoi, d'abord ? »

Malgré lui, Édouard tourne la tête en direction du *ringside*. Monsieur Vadeboncœur comprend aussitôt.

« Ah bon ! J'vois… J't'ai jamais vu ici, toi. C'est la première fois que tu viens, hein ? »

Édouard acquiesce. Son cœur bat, il voudrait se voir ailleurs, n'être jamais entré au Paradise, prendre son manteau et sortir en courant, tout ça est tellement humiliant, ils ont compris, même sa tante qui n'est pas sa tante, ils vont rire, le montrer du doigt, le… le…

c'est quoi le mot… c'est un mot qu'on trouve dans les romans français… le conspuer! Ils vont le conspuer! Et il ne pourra jamais remettre les pieds ici!

Monsieur Vadeboncœur se penche sur Maria qui est plus petite que lui d'une bonne tête.

«Laisse-le donc passer, Maria… Pour une fois…»

Ça y est, elle va dire qu'elle le connaît, elle va insister pour qu'ils le mettent à la porte, elle va le rejeter dans l'ignorance et les questionnements. Si seulement il pouvait lui expliquer qu'il est venu ici chercher des réponses, elle comprendrait peut-être!

«Mais pensez à ce qui peut arriver, monsieur Vadeboncœur… Les autres vont en faire juste une bouchée… Vous savez comment y peuvent être…»

Monsieur Vadeboncœur lève la main pour la faire taire. Puis il fait un signe à Édouard.

«O.K., tu peux rester. Mais si y a le moindre grabuge…»

Un client à une table voisine a levé la main.

«Va travailler, Maria. Laisse faire le reste…»

Maria s'éloigne. Monsieur Vadeboncœur s'assoit en face d'Édouard.

«J'espère que tu sais que c'est une section réservée. Pour les ceuses comme toi. Pis que ça coûte vingt-cinq cents pour passer le cordon rouge. Je sais que c'est cher, mais les privilèges se payent. Pis le Paradise est le seul club de nuit de Montréal qui fournit ce privilège-là… Ça fait que bonne chance…»

Il se lève, un petit sourire narquois aux lèvres, et se dirige vers le bar où un homme aussi gros que lui semble l'attendre.

Édouard reste seul. Il est à la fois soulagé et inquiet. Il n'a qu'à se lever, traverser le club, donner vingt-cinq cents – vingt-cinq cents, une fortune! – à celui ou celle qui le lui demandera et franchir le cordon rouge. Il ne reste peut-être qu'un cordon rouge qui le sépare des réponses aux questions qu'il se pose.

Il quitte sa table, vérifie autour de lui que personne ne le surveille et traverse le Paradise à petits pas. Il se rend compte que le club de nuit s'est rempli peu à peu pendant sa conversation avec Maria et monsieur Vadeboncœur. Les conversations se font plus vives, la fumée de cigarette est plus épaisse. Il réussira peut-être à passer inaperçu.

Arrivé près du cordon rouge, le courage lui manque et il s'installe à une des tables les plus proches du *ringside*.

Maria, qui le surveillait de loin, fronce les sourcils.

«Y aura peut-être pas le courage de le faire, en fin de compte. Y devrait, pourtant. Tant qu'à se rendre jusqu'ici, y est aussi ben d'aller jusqu'au bout…»

Elle s'approche de Rita, la nouvelle serveuse, dont on dit qu'elle est la maîtresse du patron et qu'elle rapporte à Valdémar Vadeboncœur tout ce qui se passe dans le club. Maria n'aime pas les porte-paniers et l'évite autant que possible, mais pour une fois, elle a besoin de son aide.

«Rita, j'aurais un petit service à te demander.»

Rita est une grosse fille pas très utile sur le plancher parce qu'elle se fatigue vite et qu'elle ne semble pas apprécier son nouveau métier qu'elle trouve sans doute indigne d'elle. Elle était vendeuse de cosmétiques chez Morgan, avant de rencontrer Valdémar, et elle s'arrange pour que ça se sache.

«Mon Dieu, Maria, vous me parlez, à soir?

— J't'ai déjà dit qu'on est pas ici pour jaser, mais pour travailler… Pis arrête de me vouvoyer même si je pourrais être ta mère!

« — On m'a montré à respecter mes aînés.

— J'espère quand même que c'est pas monsieur Vadeboncœur qui t'a demandé ça…

— Ben non, ben non, chus capable de penser par moi-même… t'sais. »

Après un soupir d'exaspération Maria lève le bras en direction d'Édouard dont on ne voit que l'arrière de la tête.

« Le petit gars, là-bas, y est dans ta section, mais va pas prendre sa commande. J'pense qu'y restera pas assis là longtemps. C'est dans le *ringside* qu'y veut aller.

— J'pensais que vous étiez en train de le mettre à' porte, tout à l'heure, toi pis Valdémar. Y est ben que trop jeune! Pis surtout pour aller dans le *ringside*! Y sait-tu ce qui l'attend, au moins?

— J'pense qu'y en a juste une vague idée… En tout cas, si c'est de l'aventure qu'y cherche, y va en trouver. »

Elle tend à Rita une pièce de vingt-cinq cents qu'elle a tirée de la poche où elle garde ses pourboires.

« Pis va donner ça à Jean-Paul. Dis-y que c'est de ma part pis qu'y laisse le petit gars passer sans y demander de *cover charge*, si jamais y se décide à faire le grand pas.

— On appelle ça encourager le vice, Maria…

— Non, on appelle ça ouvrir la voie à l'aventure. Pis je m'y connais. »

Pendant ce temps, Édouard dévore des yeux et écoute de toutes ses oreilles ce qui se passe au-delà du cordon rouge.

Ils sont une bonne douzaine et, c'est évident, se connaissent tous. Ils ont rapproché les tables du *ringside* pour s'asseoir ensemble, ils babillent, ils crient, ils se lèvent sans arrêt pour changer de place, quelques-uns semblent dire des horreurs en prenant des voix graves qui font s'esclaffer leurs compagnons, d'autres, au contraire, empruntent des voix claires de femmes pour minauder et gesticulent à outrance, peut-être pour déguiser l'insignifiance de leurs propos. Au milieu de ce groupe hétéroclite et bruyant, seul élément calme dans cette mer agitée, trône Xavier Lacroix. Il ne joue pas au théâtre, lui, ce soir? Les sœurs Giroux n'ont pas besoin d'un héros ou d'un chevalier servant? L'acteur s'est emparé d'office du bout de la table, s'est assis bien droit et regarde le spectacle avec un air qu'on pourrait supposer autant de mépris que d'appréciation. Leur leader? La demi-célébrité qui ne dissimule pas son état tout en restant relativement discrète, du moins dans son comportement?

Édouard l'a tout de suite reconnu, a essayé d'attirer son attention en levant la main, mais il a eu peur qu'une serveuse pense qu'il voulait commander une boisson et a vite rebaissé le bras. S'il se décide à sauter le pas, ça va lui coûter vingt-cinq cents pour passer le cordon rouge et il ne lui restera presque rien pour commander une consommation…

Autant le reste du Paradise semble tremper dans un ennui tranquille, une léthargie produite par l'alcool qui ne peut qu'aller en s'accroissant au fur et à mesure que passera la soirée, autant le *ringside* frémit et bout, turbulent et tapageur.

Quelqu'un crie :

« Le show est dans un quart d'heure, les filles ! La toupie s'en vient ! »

Des mains se lèvent aussitôt et Jean-Paul, serveur autant que gardien du *ringside*, vient prendre les dernières commandes avant le spectacle.

Édouard avait oublié Samarcette, la toupie vivante. Il jette un œil en direction de la minuscule scène. Une énorme madame vient de s'installer au piano droit et a commencé, tout doucement, à jouer des airs à la mode.

Un homme, à l'autre bout du club de nuit, crie à tue-tête :

«Ah non, y va pas encore venir nous donner mal au cœur avec ses samarcettes en patins à roulettes, lui!»

Quelqu'un dans le *ringside* lui répond :

«R'garde-lé pas, c'est toute!»

L'autre pousse sa chaise, lève le bras comme pour porter un toast.

«Non, j'vas vous le laisser!»

Tout le monde rit de bon cœur.

Édouard n'en revient pas. Il se serait attendu à une engueulade, peut-être même à une empoignade, mais, chose curieuse, un terrain d'entente semble avoir été atteint entre le *ringside* et le reste du Paradise. C'est à ça que sert le cordon rouge? La séparation? Fais tes affaires, je fais les miennes? Sans aucune animosité?

Jean-Paul passe près de lui.

«Tu peux y aller, si tu veux. Pour toi c'est gratis, à soir.»

Maria voit Édouard se lever, vérifier le pli de son pantalon, replacer ses cheveux, se tourner vers Jean-Paul.

Celui-ci détache le cordon rouge et Maria pense à un enclos dont on ouvre la porte pour faire entrer une brebis égarée. Ou une victime qu'on jette aux loups. Va-t-il bêler de peur, tenter de s'enfuir, tomber sous les coups de griffes et les sarcasmes des cruels habitants du *ringside*?

Édouard a franchi les quelques pas qui mènent de l'autre côté du cordon rouge. Lui aussi pense à une brebis sacrifiée, à un abattoir, à l'humiliation qui tuera peut-être en lui pour toujours toute velléité de s'élever, en partant de bien creux, en partant d'ici, en partant du fond du baril, de ressembler un jour à une carmélite déchaussée issue de la bonne société de Paris. S'élever ! Juste un peu ! Autrement que dans sa tête ! Juste pour éviter de se laisser couler dans le lac noir de l'anonymat.

Il n'en a pas le vernis. Il ne l'aura jamais. Il n'a peut-être même pas le vernis nécessaire pour se faire accepter par une gang d'inadaptés enfermés dans une enceinte clôturée pour éviter que leur maladie ne se propage.

Pourquoi essayer ? Et pourquoi ne pas virer les talons pendant qu'il est encore temps, se réfugier une fois pour toutes dans la médiocrité qui est son lot, le magasin de chaussures, les gens qui puent des pieds, les clients malpolis, la perpétuelle courbette devant des jambes pas toujours propres, avec une vieille dame comme patronne et un salaire de misère ? Son lot, oui, son lot !

Toutes les têtes se sont aussitôt tournées dans sa direction, comme si la douzaine de personnes attablées sentait que quelque chose allait se produire, une révélation – mais à l'allure du nouveau venu, surtout à sa jeunesse, le risque est bien minime –, ou une répudiation sans réplique et sans merci dont les habitués du Paradise se sont fait une spécialité et un méchant plaisir.

Après un court silence, quelqu'un dit :

« Mon Dieu, la petite fille aux allumettes… »

Ce à quoi quelqu'un d'autre ajoute :

« Ben non. C'est Little Orphan Annie… »

Quelques rires, malveillants, fusent.

Édouard, qui a tout entendu, veut mourir. Peut-être que s'il s'écroule devant eux, ils auront pitié de lui… Non ! Il n'est pas là pour attirer leur pitié ! Alors pourquoi? Quand même pas pour forcer leur admiration! Il n'a rien d'admirable! Il n'a même rien d'attachant! Il n'a l'air de rien, pourquoi seraient-ils généreux avec lui? Malgré l'invitation de Xavier Lacroix. Qui ne fait rien, le chien sale, pour lui venir en aide.

Il prend une grande respiration pendant que les larmes lui montent aux yeux et qu'il sent un tremblement au fond de sa gorge lui suggérant qu'il ne pourra même pas parler. Il ne peut pas se contenter de tourner le dos et de s'enfuir comme un mécréant sous le regard de douze personnes qui représentent peut-être son salut! Il ne peut pas gâcher la seule chance qui se présentera peut-être jamais à lui de se sortir... de se sortir... de quoi? Il est fait pour ça, la médiocrité, non?

Non.

Non!

Plus tard, il ne prétendra jamais avoir pris son courage à deux mains ou rassemblé ce qui lui restait de forces parce qu'il ne se rappellera pas ces quelques secondes qui auront fait de lui la fameuse duchesse de Langeais, la terreur de la Main et du Plateau-Mont-Royal, d'abord dans ce petit cercle de têtes folles, puis dans tout le milieu des *vieux garçons* de Montréal. Il a bombé le torse, il a pris une nouvelle respiration après avoir placé sa main droite sur son cœur et, énergie du désespoir ou suicide involontaire, il a dit avec ce mauvais accent français qui deviendrait sa marque de commerce durant les quarante-cinq prochaines années et la source de milliers de rires:

«Je suis Antoinette de Navarreins, duchesse de Langeais, carmélite déchaussée, je suis dangereuse et je daigne m'abaisser à viendre vous rendre visite.»

Le triomphe qui suit restera célèbre dans les annales de la Main. Ils sont moins de quinze à l'ovationner, quelques mois plus tard ils seront presque cent à prétendre y avoir été. Tout le monde, surtout les autres membres de cette confrérie clandestine qui ont eu le malheur de ne pas se présenter au Paradise ce soir-là, les prostitués qui fréquentaient parfois l'établissement, les buveurs qui n'ont pas su ce qui s'était passé avant qu'on le leur raconte et qui n'y ont donc pas participé, aura son histoire à raconter, une anecdote, vraie ou fausse, vécue ou imaginée, de plus en plus détaillée pour faire plus authentique, une preuve qu'ils y étaient et qu'ils ont assisté aux débuts de la duchesse. Et, de petite boutade lancée de façon malhabile par un enfant qui y voyait la seule chance de sauver sa peau, l'événement deviendra une déclaration d'affirmation de soi sans cesse citée à ceux qui manqueront de courage, plus tard, lorsqu'ils seront confrontés au choix de s'exposer ou de rester anonymes.

L'ovation est longue et puissante. On ébouriffe Édouard, on l'embrasse sur les deux joues, on lui tape sur l'épaule, on l'installe à la place d'honneur, à la droite de Xavier Lacroix qui lui tend une main étonnamment moite et molle. Il ne semble pas du tout reconnaître Édouard.

On demande ce qu'il veut boire.

Quelqu'un se penche sur la table, met sa main devant sa bouche pour atténuer la phrase qui va en sortir et qui se veut une pathétique tentative de vacherie :

« Un verre de lait pour le petit n'enfant. »

Édouard, qui a entendu, encore étourdi par les cris qui retentissent toujours à ses oreilles, replace sa main dans son cou comme pour jouer avec un collier imaginaire – au moins une rivière de diamants – et répond du tac au tac :

« La duchesse ne boit que du champagne ! »

Deuxième ovation.

L'autre quidam ravale sa gomme.

Personne ne lui demande son nom, ça viendra plus tard. Il est déjà et restera pour le reste de sa vie la duchesse de Langeais, même si la plupart des hommes attablés autour de lui n'ont jamais entendu parler du roman de Balzac. (Plus tard, Édouard essaiera d'expliquer plusieurs fois l'origine de son nom à certains de ses amis, mais il se rendra vite compte que ça n'intéresse personne et finira par abandonner.)

Xavier Lacroix, lui, a tout compris.

Il se penche sur le nouveau venu en levant son verre. Et lui parle à voix presque basse, de cette voix qu'on utilise pour se faire comprendre d'une seule personne au milieu d'une foule :

«Le verbe viendre que tu as placé à la fin de ta phrase, au lieu de "venir", c'était voulu, non?»

Édouard fait un grand sourire, le premier qu'il réussit à esquisser depuis qu'on l'a accueilli dans le *ringside* et qui lui demande un gros effort tant il est terrifié :

«Y fallait absolument que ça finisse par quelque chose de comique.

— Comment savais-tu ça?

— Je le savais pas, je le sentais.»

Le faux champagne arrive, tout le monde lève son verre à la jeune – ô combien jeune! – duchesse de Langeais.

À l'autre bout du Paradise, Maria a tout suivi avec grand intérêt.

Édouard l'aperçoit à travers les têtes hilares qui flottent autour de lui.

Il lève son verre.

Elle lui fait un petit signe de la main.

« Ben 'coudonc, y en aura au moins un dans c'te famille-là qui aura trouvé sa place. »

* * *

Valdémar Vadeboncœur a racheté le Paradise l'année précédente. Pour une bouchée de pain, parce que l'ancien propriétaire voulait s'en débarrasser le plus rapidement possible, ayant perdu toute sa fortune dans le krach de 1929 et, comme il le disait si bien lui-même, trop vieux pour se refaire. Le club de nuit avait été laissé à l'abandon, le toit coulait, la poussière s'était immiscée partout, l'air y était irrespirable et les clients de moins en moins nombreux. Valdémar avait d'abord voulu en faire un endroit chic – sans toutefois essayer de concurrencer le French Casino, l'indéracinable rendez-vous de la racaille montréalaise –, une oasis feutrée où les sérieux buveurs, ceux qui ne cherchaient pas le bruit et le mouvement, pourraient venir se réfugier pour boire en paix. Seuls ou accompagnés. Des femmes, belles et racées, et surtout discrètes, seraient à la disposition des solitaires au prix d'une ou plusieurs bouteilles de champagne, et tout le monde, surtout lui, y trouverait son profit. Mais on lui avait déconseillé d'essayer de changer le statut du Paradise, sa réputation était trop répandue à travers la Main, son utilité trop évidente – un endroit pour les gagne-petit, sans chichi et bon enfant –, et, surtout, sa situation géographique trop excentrée : l'action se trouvait plus au nord sur le boulevard Saint-Laurent, la faune fortunée de la Main n'accepterait pas facilement de se déplacer au sud, en direction du quartier chinois. Valdémar voulait tout de même trouver une vocation au nouveau Paradise, une particularité – une spécialité ? – qui ferait de son club de nuit un endroit différent où on pourrait trouver ce qui ne se voyait pas ailleurs. Il a pensé aux *vieux garçons* un soir où il passait devant le cinéma Midway, rendez-vous de ces laissés-pour-compte qui y cherchaient dans l'obscurité ce que la société leur défendait au grand jour. La vie nocturne de Montréal était depuis quelques années en pleine explosion. Autant elle était catholique à outrance et pudibonde le jour, autant Montréal devenait impudique, frondeuse, écervelée, la nuit venue. La ségrégation n'y existant pratiquement pas, des musiciens de jazz américains – qui avaient le droit de fréquenter les cabarets où ils se produisaient, pouvaient habiter n'importe quel hôtel de la ville et boire tout ce qu'ils voulaient parce que la prohibition n'existait pas comme aux États-Unis – venaient volontiers y planter leurs pénates et saturaient la Main et le Vieux-Montréal de leurs airs au goût d'alcool et de fumée de cigarette. Au plus grand plaisir des Montréalais qui les accueillaient à bras ouverts. Mais les *vieux garçons*, de plus en plus tolérés, surtout sur la Main, n'avaient toujours pas d'endroit où se rencontrer, se détendre, ils étaient encore condamnés à se fréquenter dans le noir, à tâtons, risquant à tout moment de se faire prendre et de finir déshonorés. Mais que faire avec eux ? Il était impensable d'ouvrir un cabaret exclusif, la clientèle serait trop longue à bâtir et peut-être pas assez importante... C'est donc en consultant les plans de son futur établissement qu'il avait eu l'idée de la section cordon rouge. Pourquoi ne pas ceinturer la partie la plus près de la scène, le *ringside*, et ne pas la garder pour ces hommes – ou ces femmes – aux mœurs différentes, pourquoi, même, ne pas en faire une section *réservée*, payante ? Ils seraient peut-être prêts à payer pour avoir la paix sans se cacher! Ce serait bien sûr une certaine forme de ségrégation, mais aussi – les enveloppes brunes bien dodues circulant entre Valdémar Vadeboncœur, les policiers de la Main et même l'hôtel de ville aidant –, une protection sûre. Ça n'a pas été facile, les *vieux garçons* se sont d'abord méfiés, puis, petit à petit, lorsqu'ils se sont rendu compte qu'il n'y avait vraiment pas de danger, ceux qui sont depuis devenus les piliers de l'endroit l'ont adopté, en ont parlé à leurs amis, et le Paradise est maintenant leur lieu sacré, le seul où ils n'ont pas besoin de se cacher. Ils en profitent, ils s'expriment, ils rient, ils s'amusent et l'argent coule à flots. Mais les femmes, les *garçonnes*, n'ont pas encore commencé à s'intéresser au nouveau Paradise. On parle cependant d'un cabaret clandestin, sur Sanguinet, dans le quartier des bordels… Quant aux autres buveurs, les anciens habitués autant que les nouveaux arrivés attirés par la devanture rouge toute pimpante, ils restent le nez dans leur boisson et n'interviennent à peu près jamais dans ce qui se passe au-delà du cordon rouge, si ce n'est, quelquefois, pour se moquer en haussant les épaules.

Le seul élément resté intact à travers toutes ces transformations est Maria, dont Valdémar a d'abord voulu se débarrasser à cause de son âge, mais dont il a vite su apprécier la chaleur et l'efficacité. Les anciens clients l'aiment, les nouveaux l'adorent, même si c'est Jean-Paul – *vieux garçon* lui-même – qui s'occupe du *ringside*. Surtout que Valdémar a imposé Rita, sa blonde, comme deuxième serveuse, qu'il sait très bien qu'elle ne fout rien et que c'est Maria qui fait tout le travail.

* * *

C'est Xavier Lacroix qui fait les présentations.

De la douzaine de personnages attablés, verre à la main et sourire aux lèvres – des joviaux qui rient fort, des plus discrets qui montrent une certaine retenue dans leurs gestes et leurs paroles, se contentant de s'amuser de ce que les autres disent –, Édouard retient deux noms. D'abord celui d'un gros homme qu'on surnomme la Vaillancourt, blond, frisé, rougeaud, immensément sympathique, qui se glorifie d'être déchireuse de tickets au cinéma de Paris, la salle la plus chic en ville, rue Sainte-Catherine, uniforme fourni, avec casquette et galons à l'épaule, et qui semble être le boute-en-train du groupe, puis celui de la Rolande Saint-Germain, un musicien classique qui joue de tous les instruments à vent, surtout le cor, dans les ensembles qui se forment de temps en temps dans la métropole en attendant que Montréal ait son orchestre symphonique, ce qui, semble-t-il, ne saurait tarder. Il lui arrive même, l'été, de jouer dans la fanfare du parc La Fontaine. Ses amis lui font alors un véritable triomphe chaque fois qu'il a le moindre petit solo, et il en a bien honte. La Vaillancourt, à qui il avait demandé un jour d'essayer de tempérer l'enthousiasme du groupe, lui avait répondu : « Profites-en, c'est les seuls triomphes que tu connaîtras jamais ! » Édouard ne comprend pas pourquoi Xavier Lacroix lui raconte cette anecdote, en fait une méchanceté gratuite, en les présentant l'un à l'autre, et se dit qu'il devra se méfier de lui à l'avenir pendant que la pauvre Rolande Saint-Germain, souffre-douleur qui a peut-être bien besoin d'un défenseur, plonge le nez dans son verre. Les autres sont sans particularités, interchangeables,

les spectateurs, en quelque sorte, des bouffonneries de la Vaillancourt et des répliques cinglantes de Xavier Lacroix. Édouard comprend vite qu'on vient ici uniquement pour s'amuser, que ce qui s'y passe reste bon enfant, inoffensif, qu'on parle beaucoup mais qu'on ne fait pas grand-chose et, sans trop savoir pourquoi, s'en trouve déçu.

Quand le tour de table est terminé, Xavier se tourne vers lui.

« Et oserais-je demander à qui nous avons affaire ? »

Édouard, qui n'a pas prononcé un mot depuis qu'il a commencé à boire son faux champagne, lève son verre, sourit et reprend son accent français :

« Je vous ai dit qui j'étais tout à l'heure. Pour le moment, tenons-nous-en là, mon ami. »

Applaudissements, des verres se lèvent. La Vaillancourt porte une main à son cœur.

« J'adooore les mystèèèères ! Pis les actrices françaises ! »

Xavier Lacroix se penche sur Édouard.

« Laisse tomber l'accent, tu ne l'as pas du tout ! »

Édouard le regarde droit dans les yeux et lui dit dans son plus beau joual :

« Pis vous, vous pensez que vous l'avez ? »

Xavier met une main sur son épaule.

« Écoute, mon petit gars, je ne sais pas si tu sais qui je suis, mais sache qu'on ne me parle pas sur ce ton-là ! C'est moi qui mène, ici, dans le *ringside* du Paradise ! Ne pense pas que tu vas venir faire la loi ! »

Édouard repousse sa main, porte sa coupe à ses lèvres, boit.

« C'est vous qui m'avez invité ici, endurez-moi.

— Moi, je t'ai invité ici ?

— Vous vous en souvenez pas, hein ?

— Si je m'en souvenais, je le regretterais!»

Tiens, tiens. Il a peur. Tant mieux.

Au même moment, un chœur de protestations s'élève dans le Paradise et la Vaillancourt dit très fort:

«Ah non! pas encore lui!»

Xavier Lacroix délaisse aussitôt Édouard pour lancer à la cantonade:

«On y va pour un petit tour de *Toupie or not Toupie?*»

C'est un jeu qu'ils ont inventé quelques jours plus tôt devant la piètre performance de Samarcette, l'acrobate en patins à roulettes: il s'agit de deviner le nombre d'erreurs que Samarcette commettra pendant son numéro et le nombre de chutes qu'il fera. C'est un jeu en deux temps: on prend deux feuillets, on écrit un chiffre sur chacun, un pour les erreurs, l'autre pour les chutes. On signe, on fait deux tas avec les billets au milieu de la table. Si quelqu'un a deviné deux fois juste – ce n'est pas encore arrivé –, il pourra commander le drink de son choix, qui sera payé par tous les autres. Le prix, insignifiant, importe peu, ce qui compte c'est le plaisir qu'ils ont à souligner et additionner à voix haute les erreurs et les chutes. Samarcette en est parfaitement conscient, ça l'énerve, et son numéro, déjà mauvais au départ, est pire de soir en soir.

Aucun changement d'éclairage, pas d'annonce ni d'applaudissements. Samarcette monte sur la scène patins à roulettes aux pieds, avec ses accessoires – une petite table carrée sur laquelle il tentera de faire quelques pirouettes et une cape pailletée pour sa finale –, pendant que la grosse dame au piano entonne une vague musique de cirque. Il place la table à côté du piano, pose la cape dessus et affronte son public pour le moins récalcitrant. Son sourire est figé, ses yeux remplis de terreur. Il sait qu'on va le huer, qu'il le mérite parce qu'il est pourri, et il continue. Sans doute pour gagner sa vie, parce qu'il ne sait rien faire d'autre.

Les quelques minutes qui suivent crèvent le cœur d'Édouard. Samarcette, à peine plus vieux que lui, engoncé dans son costume moulant, n'est pas seulement mauvais, il est pathétique. Un petit oiseau enfermé dans une cage surveillé par une bande de chats voraces. Ses pirouettes sont malhabiles, ses gestes raides, il a peu d'espace pour se mouvoir et risque sans arrêt de frapper la pianiste ou d'atterrir sur ses genoux. Il s'enfarge, il tombe, il se relève tant bien que mal. Quand il grimpe sur la table, il donne l'impression de monter à l'échafaud, manque de se casser la gueule à plusieurs reprises et, à la fin, lorsqu'il met sa cape pour sa grande finale, ses sautillements et ses sparages sont tellement embarrassants qu'Édouard a envie de monter sur scène pour aller le consoler. Le prendre dans ses bras, l'aider à descendre de scène, lui dire tout bas d'essayer de faire autre chose, qu'il est jeune comme lui, qu'il a toute la vie devant lui, qu'il doit bien avoir un rêve, une ambition…

Et lui, avec son magasin de chaussures et ses idées de grandeur ? La duchesse de Langeais de la Main ? Vendeur de chaussures le jour et duchesse la nuit ? C'est ça son avenir ? Des pieds qui puent et la tête dans les nuages pour ne pas les sentir ? Le Paradise, avec Xavier Lacroix qui l'a déjà pris en grippe parce qu'il sait se défendre, la déchireuse de tickets et le joueur de cor ? Et les autres, anonymes *vieux garçons* qui viennent ici chaque soir noyer leur solitude ? Qu'est-ce qu'il croyait trouver ici ? Une révélation ? Le bonheur ? Le salut ? Dans un enclos payant ? Oui. Peut-être bien. Parce que c'est mieux que rien.

En tout cas, il n'est pas question qu'il devienne le Samarcette du *ringside*!

Pendant tout le temps du numéro, les buveurs ont bien sûr compté les erreurs et les chutes de Samarcette. Quelqu'un criait sa déception quand le total dépassait ce qu'il avait écrit sur les deux papiers, d'autres encourageaient l'acrobate à tomber quand il restait en deçà de leurs prédictions.

Édouard baisse la tête pendant le bref salut. C'est trop triste. Les huées, les moqueries, les réflexions méchantes au sujet du costume serré et de l'insignifiance de ce qu'il révèle. Quelqu'un crie même à Samarcette qu'il devrait se bourrer l'entrejambe, ça ferait quelque chose à regarder.

Édouard est entré au Paradise justement à cause de ce costume serré, de la chute de reins, du galbe des fesses, des paillettes qui brillaient sous les projecteurs, et tout ce qu'il a ressenti pendant le numéro est de la pitié pour le pauvre artiste raté.

Le calme revenu, il regarde l'heure. Onze heures et demie. Sa mère va le tuer.

Il dit bonsoir à tout le monde, se lève, se dirige vers le cordon rouge, sort de l'enclos. Quelqu'un crie quand est-ce qu'on se voit, il se contente de hausser les épaules.

Lorsqu'il passe devant Maria, elle le prend par le bras.

«As tu trouvé ce que tu cherchais?»

Sa bouche sourit, pas ses yeux.

«Peut-être, malheureusement.»

* * *

«Tu sens la boisson, Édouard! Tu sens la cigarette! Viens pas me dire que t'arrives du théâtre Saint-Denis! Prends-moi pas pour une folle!

— Le monde ont le droit de fumer pendant le film!
C'est plein de boucane dans le théâtre…

— Mais y ont pas le droit de boire! Dis-moi pas
n'importe quoi! Oùsque t'étais?

— Bon, O.K. J'ai été boire une bière à taverne en
sortant du théâtre… C'est pour ça que j'arrive plus
tard…

— Où ça? T'as pas l'âge! J'vas les dénoncer à police!
Y ont pas le droit de te servir de la bière tant que t'auras
pas vingt et un ans! Y est quasiment minuit! Un p'tit
gars de dix-sept ans rentre pas chez eux à minuit le soir!

— Moman, j'étais avec des amis, on s'est essayés,
pis y nous ont laissé rentrer! C'est pas grave…

— Comment ça, c'est pas grave! Avec le père que
t'as!

— Comparez-moi pas à popa! Vous voyez ben que
chus pas soûl!

— Ben non, j'le vois pas que t'es pas soûl! T'es peut-
être comme ton père quand je l'ai connu, justement,
t'es peut-être capable de tenir ta boisson… Ou ben
t'es t'encore capable de t'en tenir à une seule bière…
Ça commence par une bière, mon petit gars…

— Vous nous dites toujours ça pour nous faire peur,
à mes sœurs pis à moi…

— Tes sœurs ont l'âge de faire ce qu'y veulent…

— Pas Madeleine…

— A' boit pas, non plus!

— Pis le jour de ses vingt et un ans, a' va tomber
les pieds joints dans la boisson pis vous allez la laisser faire, c'est ça?

— Édouard, détourne pas la conversation! J'te
connais! T'es capable de nous envoyer dans une discussion sans fin juste pour éviter que je te chicane…
C'est la deuxième fois que tu me fais ça à soir!

— Certain que je veux éviter que vous me chicaniez! J'vas voir un film ben tranquillement avec des amis, on décide d'essayer d'entrer dans une taverne en sortant du théâtre, j'bois une petite bière… Pis? J'vous le répète, c'est pas grave! Ça veut pas dire que j'vas recommencer demain soir, pis après-demain soir, pis tou'es soirs de ma vie parce que je l'ai fait une fois!

— Ton père a dû dire la même chose à sa mère quand y avait ton âge! Pis r'garde oùsqu'y est rendu! J'veux pas que ça t'arrive! J'te dis ça pour te protéger, Édouard…

— J'ai pas besoin de protection…

— Pis, excuse-moi de revenir là-dessus, mais c'est qui, ces amis-là? Hein? Tu te plains tout le temps que t'en as pas, d'amis.

— Vous devriez être contente que j'en aye enfin des amis, non? J'ai une job, à c't'heure, j'rencontre du monde…

— Teena Desrosiers, a' les connaît-tu, ce monde-là?

— Moman! J'ai pas besoin de mademoiselle Desrosiers pour me faire des amis! D'ailleurs, en parlant d'elle… Vous voyez, j'avais une bonne nouvelle à vous annoncer, pis vous me gâchez tout mon fun…

— Une bonne nouvelle? Ben envoye, dis-lé, j'en aurais ben besoin!

— Comme on a ben travaillé, ça a même l'air qu'on a pété des records de vente, mademoiselle Desrosiers a décidé de me donner un petit bonus pour les fêtes, même si ça fait pas longtemps que je travaille avec elle… Pis… j'avais pensé de payer la dinde, tout le repas de Noël, en fait, avec ça… C'est pas une bonne nouvelle, ça?

— Édouard! Tu vas pas essayer de m'amadouer avec une dinde! J'te connais! Tu viens d'inventer ça, là, pour te sortir du trou!

— Non, j'vous jure que c'est vrai!

— Pis tu penses que j'vas oublier que t'es arrivé icitte paqueté parce que tu me promets une dinde? Que tu vas m'acheter avec des pâtés à' viande pis des atacas?

— J'pense rien pantoute, moman, j'vous offre de payer le souper de Noël! Si vous voulez pas, j'vas garder l'argent pour moi!

— Pour aller la boire? Pantoute! Une promesse, c'est une promesse. Tu payes le repas de Noël, tu remercies ben mademoiselle Desrosiers de ma part, pis tu retournes pas boire à' taverne avant trois ans! Compris?

— J'peux pas vous promettre ça, moman!

— Édouard!

— Ben c'est comme ça! Chus t'un homme, je gagne ma vie, pis si y faut que j'achète mon indépendance, j'vas le faire.

— Ah oui? Écoute-moi ben, mon petit gars. Depuis le temps, t'as ben dû te rendre compte que c'est pas ton père qui mène, ici-dedans, que c'est moi. Ben la personne qui mène ici-dedans te dit que si t'arrives encore une fois avec de la boucane dans les cheveux pis une haleine de boisson, tu vas avoir une maudite volée, pis tu vas t'en rappeler longtemps!»

Elle lui tourne le dos et sort de la cuisine en s'éventant.

«J'veux pas que mes enfants puent comme leur père!»

Resté seul, Édouard se dit qu'en revenant du Paradise, la prochaine fois – parce qu'il sait qu'il va y retourner, que c'est son destin de fausse duchesse –, il devra mâcher une bonne demi-boîte de gommes Chicklet.

* * *

Il se sert de sa propre désillusion pour faire souffrir la duchesse. Ce n'est pas lui qui est déçu, qui vient de subir un échec, c'est elle. Elle se promène de long en large dans son immense chambre de sa maison du faubourg Saint-Germain. Elle fulmine. Elle a dit à sa… à sa… comment est-ce qu'on dit ça, déjà… sa femme de ménage? Non! Sa femme de chambre, voilà! Elle a dit à sa femme de chambre qu'elle avait ses vapeurs, qu'elle ne voulait voir personne, elle a demandé qu'on lui apporte ses sels, son laudanum, elle a ajouté qu'elle allait se déshabiller toute seule, merci, mon petit, puis elle a fini par s'écraser devant la grande fenêtre qui donne sur le boulevard où passent des carrosses occupés par les plus belles femmes de Paris. Sauf elle, souffrante et désenchantée. Ces… ces… ces rustres ne sont pas dignes d'elle, c'est évident. Des prolétaires buveurs de bière! Un déchireur de tickets! Un acteur raté! Un joueur de cor! Un acrobate en patins à roulettes! Tout de même, elle doit bien se l'avouer, elle se sent attirée par eux. Par l'endroit qu'ils fréquentent. Par ce qu'elle croit pouvoir y trouver, y vivre. Enfin. Elle lève une main. Esquisse son geste habituel de grande dame qui se moque de tout et qui ne s'inquiète de rien. «Je suis Antoinette de Navarreins. Duchesse de Langeais. Carmélite déchaussée. Je suis dangereuse. Et je vais encore daigner m'abaisser à rendre visite à ces ignares. Pour leur montrer de quel bois je me chauffe. Parce que c'est ma place. Et si cet acteur raté est l'ennemi à abattre, *watch out*! Non, la duchesse ne dirait pas *watch out*. Attention! Attention, Xavier Lacroix, j'arrive!»

Édouard est couché sur le dos, les bras étirés le long du corps…

La duchesse approche sa chaise du lit.

«Vous avez bien besoin de conseils, mon ami. Vous n'avez pas encore assez fréquenté Honoré de Balzac. Lisez-le. Avant de retourner au Paradise. Peaufinez votre style, apprenez l'étiquette. Ensuite seulement pourrez-vous vous en moquer! Il faut bien connaître les choses pour se permettre de les ridiculiser. Ne frappez pas dans le noir, frappez au grand jour, et juste. Toujours juste. Et sans scrupules. Prenez ces titres en note : *Le père Goriot*, *Illusions perdues*, *Splendeurs et misères des courtisanes*.

Édouard relève la tête.

«J'les ai déjà, ces trois livres-là. Trois autres livres à l'Index. Que j'ai achetés en cachette. Avec de l'argent durement gagné, laissez-moi vous le dire! Chus pas si niaiseux que ça, vous savez…

— Et, s'il vous plaît, laissez tomber cet affreux accent canadien…

— Pantoute! J'vas me servir de mon accent quand j'vas en avoir besoin, pis du vôtre quand ça va faire mon affaire! La duchesse de Langeais va s'encanailler comme jamais une duchesse ne l'a fait avant elle! C'est comme ça qu'on dit ça? S'encanailler? Vous voyez, j'ai plus de lettres que vous le pensez.»

Il se redresse dans son lit, pose la main sur l'épaule de la duchesse.

«J'ai pas encore trouvé mon général de Montriveau, mais laissez-moi vous dire que quand j'vas le croiser, je perdrai pas mon temps à développer avec lui des théories sur l'amour, la vie, la mort, pendant des heures pis des heures! Pis je finirai pas au fond d'un couvent pas chauffé au fin fond des Baléares, à souffrir comme un damné en jouant toujours la même toune sur le même orgue, même si c'est ben romantique! Non, merci! En attendant, allez donc vous reposer, allez cuver votre peine, j'vas peut-être avoir besoin de vous demain. À partir d'à c't'heure, c'est vous qui êtes ma femme de chambre, oubliez jamais ça!»

INTERCALAIRE

Les adieux au poète

Ils sont assis face à face sur deux longs bancs de bois verni dans le grand vestibule de l'hôpital Saint-Jean-de-Dieu. Ils auraient pu en partager un, s'asseoir côte à côte, mais la pudeur les en a empêchés. La peur des effusions trop pénibles. Leurs adieux doivent se faire dans le calme et la sérénité.

Josaphat a posé son étui à violon sur ses genoux, monsieur Émile tient à la main un de ses petits carnets dans lesquels il griffonne toujours les mêmes poèmes qu'il a écrits à la fin du siècle précédent.

«J'peux pas vous le promettre, monsieur Émile, j'aurai peut-être pas envie de revenir ici, après.

— Ne serait-ce que pour me dire si vous avez réussi…

— Ah, pour réussir, j'vas réussir, c'est comment ça va finir que je sais pas…

— Vous ne savez toujours pas ce que vous ferez après?

— Non. Comme je vous l'ai dit, j'vas peut-être retourner dans le bois, en tout cas à Duhamel. Peut-être qu'y vont se rappeler de moi. Sinon…

— Si vous décidez de rester à Montréal, monsieur Josaphat, revenez ici. Vous êtes apprécié, ici.

— Oui, j'sais. Mais… Vous comprenez, si je reviens j'vas avoir envie de rester, c'est ça le problème. J'ai demandé asile, on me l'a offert, j'avais besoin de bien manger, d'avoir chaud, de refaire mes forces, là y faut que je passe à autre chose. Ou à la même chose qu'avant.

— Pourquoi?

— Si seulement je le savais…

— Vous êtes comme… comme une panacée, ici, monsieur Josaphat. Un baume pour l'âme de tous les malades, y compris moi.

— Vous allez continuer comme avant, monsieur Émile. Vous allez leur lire vos poèmes pis ça va leur faire du bien.

— Non. Pas après votre passage. Sans vous, ce ne sera plus pareil. Pensez à ce qui vous attend, l'hiver, le froid, le terrible froid, monsieur Josaphat, l'épouvantable froid du mois de janvier!

— J'vas peut-être retourner à mon ancien appartement. Y ont peut-être pas changé la serrure…

— Vous avez dit que votre appartement était impossible à chauffer…

— Monsieur Émile, s'il vous plaît, insistez pas. C'est assez difficile de même.

— Vous savez… Il ne faut pas penser que je parle en égoïste… Je sens que vous allez commettre une grave erreur, pour une raison que j'ignore, et si je pouvais vous convaincre…

— Vous avez essayé, monsieur Émile, ben des fois depuis une semaine, mais chus décidé, pis y a rien qui peut me faire changer d'idée. En attendant… j'aimerais que vous me récitiez une dernière fois *Le vaisseau d'or* pendant que je vous accompagne au violon.

— Une dernière fois. Quelle terrible phrase.

— Quand vous lirez vos poèmes pour les malades, imaginez-vous que je vous accompagne, pis j'vas faire la même chose quand j'vas jouer la *Méditation* ou *Humoresque*. À Duhamel ou ben chez L. N. Messier, où j'vas peut-être être obligé de retourner gagner ma vie. »

Il sort son instrument, le flatte du plat de la main avant de sortir son archet. Puis il le pose sur son épaule, y appuie le menton et lève le bras.

« Allez-y. »

Monsieur Émile ouvre son carnet, cherche la bonne page, se racle la gorge.

Il lit le poème en prenant bien son temps, articule chaque mot comme pour le savourer, Cyprine, chairs nues, dégoût, haine, névrose. Et quand il murmure les deux derniers vers, tête baissée – « Qu'est devenu mon cœur, navire déserté ? Hélas, il a sombré dans l'abîme du rêve » –, Josaphat module une dernière ligne mélodique, un souffle qui s'éteint, un frémissement à peine audible.

Puis il écrase une larme en regardant monsieur Émile.

« Dans l'abîme du rêve. C'est là qu'il est mon cœur, moi aussi. Dans l'abîme du rêve. »

Florence est venue s'asseoir à côté de lui pendant qu'il jouait. Ses filles sont restées debout à gauche du banc, à l'endroit précis où s'amorce l'escalier qui mène à la sortie.

Monsieur Émile se lève, esquisse une révérence.

« Pour la dernière fois, mes hommages, mesdames. »

ÉPILOGUE

Trois soupers de Noël

Il est arrivé chez Ti-Lou avec une table pour prendre le petit-déjeuner au lit. Un plateau de bois rectangulaire posé sur quatre pattes torsadées. Elle a commencé par protester lorsqu'il le lui a montré – elle refusait qu'il la traite comme une malade –, il l'a convaincue en lui disant qu'un souper de Noël au lit, c'était plutôt original, que lui, en tout cas, il n'avait jamais vu ça. Elle a envoyé sa tête par en arrière et a ri en montrant sa belle gorge d'où s'échappait, comme toujours, une pénétrante odeur de gardénia.

«Tant qu'à ça. On va pouvoir se vanter d'avoir connu ça ensemble!»

Elle n'a pas osé ajouter qu'elle a pris son petit-déjeuner au lit pendant des années, au Château Laurier. Mais au Château Laurier, il n'était pas là...

Il a posé la petite table entre eux.

Le front de Ti-Lou s'est un peu rembruni.

«À l'hôpital aussi, j'vas manger au lit.

— Pense pas à ça.

— T'as raison. Pis la table va être moins belle que celle-là...

— Attends de voir c'qu'on va manger! C'est certainement pas à l'hôpital que tu vas trouver ça!»

Il a tout acheté dans une épicerie fine de la rue Sainte-Catherine Ouest, en plein cœur de Westmount. Un foie gras bien luisant, du caviar rouge, du caviar noir, un homard mayonnaise avec sa macédoine de légumes et un paris-brest, pour dessert, qui ressemble à un énorme *cream puff* en forme de beigne. Le veuve-clicquot et le sancerre proviennent bien sûr de la Commission des liqueurs.

Tout ça lui a coûté l'équivalent d'une semaine de salaire, mais tant pis.

Le plateau déborde de victuailles qu'il ne connaissait jusque-là que de nom, sauf le paris-brest dont il n'avait jamais entendu parler.

«J'sais pas comment manger ça, ces affaires-là. J'sais même pas par où commencer… »

Elle rit encore, lui prend la main.

«Fais toi-z'en pas, moi, je le sais! »

Ils commencent par le foie gras et le caviar qu'ils posent sur du pain noir. Ti-Lou ferme les yeux, déguste, s'essuie les lèvres, se ressert. Elle ne parle pas, elle se contente de grogner de plaisir. Puis ils passent au homard qu'elle enterre sous une couche de macédoine. Elle relève la tête entre deux gorgées de sancerre.

«T'as failli me tuer avec les Cherry Delights, tu vas me rachever avec ça! »

Ils rient, trinquent, s'embrassent.

Maurice n'ose pas lui dire qu'il préfère le Paris Pâté au foie gras, que le sancerre lui pique la gorge, que le caviar est trop salé et que le homard, qu'il trouve filandreux, lui roule dans la bouche. Parce que pour la première fois depuis de longs mois elle semble heureuse. Enfin, presque. Seuls ses yeux, qui se posent ici et là dans la chambre pendant qu'elle mange, trahissent l'angoisse qui l'habite, son désespoir devant ce qui l'attend dans quelques jours, cette mutilation qu'elle a retardée le plus longtemps possible et qu'elle considère comme une punition. Son corps réussit à faire illusion – gestes souples et amples, sourires de satisfaction, grands rires entre deux gorgées –, ses yeux, cependant, n'arrivent pas à mentir.

Elle trouve tout délicieux, le proclame, en redemande. Elle lui dit qu'il a eu une excellente idée, que c'est le plus beau repas de Noël de toute sa vie, qu'il est un amour et qu'elle est la femme la plus chanceuse du monde de l'avoir à ses côtés. Elle ne lui dit pas qu'elle l'aime, ils ont décidé depuis longtemps de ne pas parler de ces choses-là, mais le ton de sa voix fait fondre le cœur de Maurice.

Sa surprise, si bien préparée et qui lui a donné tant de mal, est un succès!

C'est au moment du dessert que Ti-Lou craque.

Maurice vient de faire sauter le bouchon – c'est la première fois qu'il ouvre une bouteille de champagne, il n'a pas commis d'erreur et s'en trouve très fier –, il essuie la mousse qui s'échappe du goulot et s'apprête à verser le vin dans la flûte de Ti-Lou lorsqu'il se rend compte que son attitude a changé.

Elle s'est immobilisée et ne sourit plus. De grosses larmes lui sont montées aux yeux. Il ne sait pas si cette émotion qu'il lit, là, sur son visage, est déclenchée par la satisfaction de ce qui vient de se passer, la nourriture, les rires, les blagues, Noël au lit, ou si quelque chose d'autre de terrible, de dévastateur est en train de se préparer.

Elle le regarde sans rien dire.

Les larmes finissent par couler sur ses joues, dans son cou.

Maurice dépose la bouteille de champagne sur la table de chevet, se penche sur Ti-Lou, la prend dans ses bras.

« Dis-lé, Ti-Lou. R'tiens-toé pas. Même si c'est laid. Même si c'est ben laid, dis-lé, garde pas ça en dedans. »

Elle parle dans son cou, sa bouche est presque à la hauteur de l'oreille de Maurice.

« J's'rai pas capable. J's'rai pas capable, Maurice. J's'rai pas capable. Pis je sais que j'vas devenir un monstre ! J'vas te faire souffrir ! T'es la personne que je veux le moins faire souffrir dans le monde, pis j'vas te faire souffrir ! »

La dinde pèse vingt-cinq livres.

Nana a hurlé quand elle l'a vue.

«Mais c'est un monstre! Ça rentrera jamais dans le four!»

C'est rentré tout juste.

Elle est maintenant posée au milieu de la table. C'est Gabriel qui l'a apportée, la tenant à bout de bras, sous les applaudissements des convives qui y sont allés de leurs commentaires les plus flatteurs : c'est la plus belle qu'on a jamais vue (Maria), elle est dorée à point (Tititte), elle sent bonne pis forte (Teena), elle donne envie de se rendre malade (Théo), j'mangerais juste de la peau tellement c'est beau (Alice), au diable le régime (Béa). Installés à une petite table à côté de la grande, les deux enfants de Gabriel et de Nana, un garçon et une fille, se sont contentés d'ouvrir de grands yeux devant toute cette agitation. C'est leur premier repas de dinde, ils trouvent que ça sent bon, mais se demandent pourquoi tout le monde s'excite tant.

Béa a passé la journée avec Nana. Tant de choses à préparer. Farcir la dinde – la recette de la grand-mère Desrosiers, un héritage de la Saskatchewan qu'elles ne trahiront jamais, a été respectée à la lettre –, faire dégeler les tourtières et les tartes aux pommes confectionnées la semaine précédente par une Nana surexcitée et gardées sur la galerie d'en arrière parce que la glacière n'était pas assez grande, peler les pommes de terre, les faire bouillir, les piler – Béa a été obligée d'aller quêter de la sarriette chez la voisine parce qu'on en manquait –, les faire presque mousser avec un généreux motton de beurre, ouvrir les boîtes de petits pois et les pots d'olives farcies, garnir les branches de céleri de fromage au piment, dresser la table, poser un verre de jus de tomate devant chaque couvert pour mettre de la couleur, arroser le maudit oiseau aux demi-heures pour l'empêcher de sécher…

La jeune fille, toute belle dans sa robe rose à fleurs bleues sur laquelle elle a passé un tablier, en a profité pour se confier à sa sœur. Elle lui a parlé d'Arthur Liasse qui se fait de plus en plus insistant, de sa peur devant ce qui pourrait bien être sa première relation sérieuse, de son envie de dire oui à tout ce qu'il demande et de ses scrupules de catholique pratiquante. Elles ont rougi au moment d'utiliser certains mots, elles ont ri en se moquant des hommes qui ne pensent qu'à une chose – qu'elles ont cependant eu la pudeur de ne pas nommer –, elles sont redevenues sérieuses quand Béa a posé des questions plus directes à Nana au sujet du mariage. Elles ont parlé d'abondance sans trop se regarder, à cause de l'aspect délicat de certains sujets. Béa est sortie de cette conversation à la fois plus renseignée et plus confuse. Elle sait désormais à quoi s'en tenir sans pour autant connaître les réponses à toutes les questions qu'elle se pose. Quoi se permettre? Quoi s'interdire? Sa conscience et ses sens mènent un combat qu'Arthur Liasse va peut-être finir par gagner…

La dinde est décrétée délicieuse, la farce sublime, les tourtières dignes des meilleures, et légendaires, de Joséphine Desrosiers. Tititte et Teena, les larmes aux yeux, racontent des souvenirs de Noël de Sainte-Maria-de-Saskatchewan. La plaine gelée, le froid intense, presque violent, le ciel, du bleu à perte de vue qui chavire le cœur. Maria hausse les épaules, prétendant ne rien se rappeler de tout ça. Nana avoue avoir rapporté le livre de recettes de sa grand-mère après sa mort. Tout ce qui se trouve sur la table vient d'elle. La farce dans laquelle les abats de la dinde ont été incorporés au pain autant que la gelée d'atacas rehaussée de citron. Gabriel dit qu'on n'a jamais vu un tel festin chez ses parents. On se bourre, on rit, on taquine un peu Béa à cause d'Arthur Liasse – quand est-ce que tu vas nous le présenter, à quand le mariage –, et Alice, aussi, qui continue à affirmer qu'elle ne s'intéresse plus aux hommes et qu'on menace de devenir une vieille fille hargneuse. Elle répond, en regardant ses deux tantes, que les vieilles filles c'est indépendant. Teena lui rétorque que l'indépendance, des fois, ça coûte cher. On se ressert même si on n'a plus faim, c'est trop bon. La peau craque sous la dent, la chair de la volaille n'a pas séché, le gravy est onctueux à souhait. Et la gelée de canneberges jette là-dessus un petit goût acidulé qui pique agréablement la langue. Nana rappelle à tout le monde que des tartes aux pommes et des beignes vont suivre, on proteste, on s'évente, on se déboutonne. Tititte suggère qu'on attende une bonne demi-heure avant de servir le dessert, les enfants protestent. Elle est très belle, ce soir, dans sa robe mauve à col blanc. Elle a retrouvé sa forme, elle a même rajeuni depuis quelque temps.

Entre deux bouchées, Teena lève la main comme pour demander la permission de parler.

«En tout cas, y a pas rien que Béa qui a un nouveau cavalier…»

Tititte manque s'étouffer avec une gorgée de Kik Cola.

«Voyons donc, Teena, franchement!»

Un sourire malicieux aux lèvres, Teena mâche longuement un morceau de viande avant d'ajouter :

«Imaginez-vous donc que Tititte s'est trouvé un vieux beau.»

On lance des cris de surprise, on applaudit.

Tititte se cache le visage dans sa serviette de table.

«Pourquoi tu dis des affaires de même, Teena?

— Ben quoi, c'est pas vrai?»

Sa sœur s'essuie les lèvres, le front, dépose la serviette comme si elle avait fini de manger.

«J'me suis pas trouvé un vieux beau! Tu dis ça comme si j'avais été à la chasse aux vieux beaux toute ma vie! Ça s'est juste adonné que le docteur Woolf m'a demandé de l'accompagner aux vues une fois ou deux, là, partez pas des rumeurs!»

Maria se verse une tasse de thé. Amer. Il a trop infusé.

«Où c'est que tu l'as rencontré, ton docteur Woolf? T'es pas malade, toujours?»

Tititte ne veut pas raconter la période de terreur qu'elle a dû traverser dernièrement, surtout pas pendant un souper de Noël. Elle doit inventer une histoire. Penser vite.

«Ben… Y est venu acheter des gants de *kid*, chez Ogilvy, on s'est ben entendus, pis y est revenu.

— Y a acheté combien de paires de gants avant de te demander pour sortir? Pis j'espère que c'tait pas des gants pour sa femme…»

Tout le monde rit. Même Tititte.

«Y achetait rien, y venait juste jaser… Pis y est veuf. Depuis longtemps. Y passait devant mon comptoir, y arrêtait, y me demandait comment ça allait… J'vous dis, c'est rien…»

Théo avale avec difficulté une trop grosse bouchée de nourriture. Sa mère lui a dit de ne jamais parler la bouche pleine et, toujours pressé de s'exprimer, il a du mal à se guérir de cette mauvaise habitude.

«Si c'est rien, ma tante, pourquoi vous êtes rouge de même?»

Grands éclats de rire, on l'applaudit, on le félicite de sa repartie, Teena lui ébouriffe la tignasse.

Tititte fait semblant de s'intéresser à ce qui reste dans son assiette. Elle est visiblement au bord des larmes.

«Chus rouge comme ça parce que c'est des affaires qui vous regardent pas pis que je veux pas que vous vous en mêliez!»

Nana se lève, fait le tour de la table, vient se poster derrière sa tante qu'elle enserre de ses deux bras.

«Voyons donc, ma tante Tititte, on vous étrive juste parce qu'on est contents pour vous…

— J'veux pas qu'on se moque de moi… Je le sais que chus trop vieille pour avoir des… des aventures.»

Les protestations fusent de partout.

«Voyons donc…

— T'es pas vieille… (Maria)

— Vous êtes pas vieille, ma tante… (Alice)

— Pis vous êtes tellement belle… (Théo)

— Y a pas d'âge pour l'amour… (Béa)

— En tout cas, moi je le comprends, le docteur Woolf, vous êtes une femme ragoûtante! (Gabriel, un peu chaudasse)

— Ça dépend quand même de ce que tu veux dire par *aventure*… (Teena)»

Tititte frappe la table du plat de la main.

«Bon, je le savais! Les farces plates qui commencent! T'étais pas capable de te retenir, hein, Teena, c'tait plus fort que toi, y fallait que tu dises une niaiserie!

— Énerve-toi pas comme ça, Nana vient de te le dire, on est juste contents de ce qui t'arrive…»

Gabriel, sentant que la conversation risque de se gâter et le repas de mal finir, décide, comme ça lui arrive assez souvent quand il a trop bu, et toujours de la même façon, de faire diversion. Il se lève, tout rougeaud, lève le bras droit comme il l'a vu faire à certains chanteurs d'opéra, dans les magazines, et entonne *Vive la Canadienne* avec sa voix, fausse, nasillarde et mal placée, de ténor de salon.

Les convives se sentent obligés de reprendre les phrases qui doivent être chantées en chœur (*et ses jolis yeux doux, doux, doux, et ses jolis yeux doux…*) et le calme revient autour de la table. Tititte se mouche dans sa serviette, Teena pose sa main sur la sienne comme pour s'excuser.

Aussitôt la chanson terminée, et pour ne pas donner le temps à la discussion de reprendre, Gabriel se lance dans *Sous les ponts de Paris* qu'il croit être son grand succès et qui, en fait, énerve tout le monde depuis longtemps.

Pendant que Gabriel chante qu'*ils sont heureux de trouver une chambrette*, Maria éloigne sa chaise de la table, croise les bras. Elle les regarde, chacun à son tour. Les personnes les plus importantes de sa vie. Ses enfants, ses sœurs, ses deux premiers petits-enfants. Si elle avait à prendre une décision là, tout de suite, elle choisirait de rester, elle continuerait de servir de la bière à des soûlons, de regarder des *vieux garçons* s'agiter dans le *ringside* du Paradise soir après soir, de jouer aux cartes une fois par semaine avec Teena et Tititte, et d'espérer la visite de Nana, de Gabriel et de leurs enfants le dimanche après-midi…

Elle ne saurait pas nommer l'angoisse, le mot ne fait pas partie de son vocabulaire, mais ce qu'elle ressent quand elle pense à la vie qu'elle s'est imposée depuis quinze ans, cette boule dans la gorge, ce poids sur son cœur, lui donnent envie de se lever, de sortir, de prendre le premier train pour n'importe où. Pourquoi? Était-ce vraiment mieux à Providence? Était-elle plus heureuse? Plus indépendante? Est-ce que c'est le mouvement qui l'intéresse, l'idée de bouger, l'illusion d'avancer? Vers quoi? C'était ça, oui, avant, dans sa jeunesse, le rêve de tout changer, pour mieux et surtout ailleurs, parce qu'elle avait toute la vie devant elle et qu'elle ne voulait pas la gaspiller dans le fin fond de la Saskatchewan. Et maintenant que la plus grande partie de sa vie est derrière elle, qu'irait-elle faire ailleurs? Est-ce qu'on peut renouveler son existence à cinquante ans passés? Pour faire quoi? Vendre de la bière à des soûlons ailleurs? À Québec ou quelque part aux États-Unis? Juste pour bouger? Et pour combien de temps avant de se rendre compte que rien n'a changé, au fond, et qu'elle s'ennuie? Du Paradise, des parties de cartes et de ses petits-enfants… Et rêver de revenir en sachant qu'elle rêvera bientôt de repartir…

Voilà, ça revient. Son cœur bat plus vite, elle a envie de pleurer. Il faudrait qu'elle se lève, qu'elle sorte prendre un peu l'air sur le balcon, qu'elle fume une cigarette, peut-être. Pour se calmer. Mais il faudrait alors expliquer, justifier, rassurer. Non. Trop fatiguée. Elle va rester là, endurer la chanson jusqu'au bout, écouter les derniers bavardages autour de la table avant que tout le monde se lève parce qu'il commence à se faire tard, merci beaucoup, merveilleux réveillon, on recommence sans faute l'année prochaine. L'année prochaine. Au même endroit. Avec le même monde. La dinde comme bonus pour Gabriel. Un troisième petit-enfant.

Le contraire de la liberté.

Elle les aime tellement, pourtant!

«T'es dans la lune, Maria!»

Penser vite. Trouver quelque chose à dire.

«Je sais pas pourquoi, je pensais à Édouard. C'est fou, hein? Penses-tu pouvoir le garder, au magasin?»

Teena se tourne vers Nana qui a déjà commencé à vider la table.

«Nana, tu pourras dire à ta belle-mère de pas s'inquiéter. J'pense qu'Édouard va devenir un très bon vendeur…»

Nana acquiesce, pose une main sur l'épaule de son mari.

Pourvu qu'il ne se lève pas de sa place pour entonner le *Ô Canada* comme il le fait chaque fois qu'il veut mettre fin à une soirée…

Il la regarde. Lui sourit.

«Aie pas peur, Nana. Pas de *Ô Canada* à soir. Chus pas assez paqueté.»

Albertine a passé une partie de la journée assise sur son lit, bras croisés, tête penchée, à fulminer et à pleurer. Elle a à peine salué Alex à son arrivée et s'est presque aussitôt réfugiée dans la chambre qu'elle partage avec sa sœur, sans même prendre la peine d'invoquer une migraine ou un mal de ventre. Elle ne pouvait pas imaginer passer l'après-midi à regarder les nouveaux fiancés se tripoter les mains et se faire des sourires niaiseux. Tout le monde le savait, personne n'a protesté lorsqu'elle s'est levée de son fauteuil pour quitter le salon. L'oreille collée à la porte, elle les a écoutés rire, Alex, Madeleine, Édouard. C'est Noël, il faut s'amuser, du moins faire semblant, se pâmer sur la beauté du sapin décoré (même si le leur est à son avis hideux, un arbre de Noël de pauvre avec des décorations d'une laideur sans nom) tout en mâchant les olives farcies et les branches de céleri fourrées de fromage au piment que Victoire préparait à la cuisine. Ridicule. Ces rires-là étaient forcés, elle l'aurait juré, c'étaient des rires pour son seul bénéfice, pour qu'elle croie qu'ils s'amusaient. Ils ne s'amusaient pas, ils n'avaient pas le droit de s'amuser.

Elle est convaincue que sa mère a passé des heures à la cuisine à bouder, elle aussi, parce qu'elle n'aime pas Alex, qu'elle ne lui a jamais fait confiance, même à l'époque où il la fréquentait, elle. Elle lui trouve un air pas franc et ne sait jamais quoi lui dire. Elle a bien raison, Alex est un… est un… Albertine ne trouve pas de mots pour le décrire et se contente de lancer des petits rires qu'elle espère moqueurs et méchants. Quant à son père, il doit faire une sieste sous leur nez, écrasé dans un fauteuil, ou alors il lit Victor Hugo ou Lamartine dans un coin reculé de l'appartement, déjà oublieux de leur présence. Et même de leur existence.

Ils se sont mis à table vers six heures, ont applaudi poliment la dinde après avoir avalé leur jus de tomate. Albertine les imagine penchés en silence sur leur assiette à mastiquer la grosse volaille qu'elle voudrait sèche, sans goût, et les patates pilées qui manquent de beurre. Seule la voix d'Édouard s'élève de temps en temps, mais elle n'entend pas ce qu'il dit. Des niaiseries, comme d'habitude. Télesphore a tenu promesse, il n'a pas bu de la journée. Il est sans doute bougon et impatient comme il l'est toujours, à jeun, ce qui doit appesantir encore plus l'atmosphère. Tant mieux.

Ça sent quand même très bon.

Elle a faim, elle n'a rien mangé depuis ses deux toasts, vers neuf heures, ce matin. Des gargouillis montent de son estomac.

Elle redresse la tête.

Il ne sera pas dit qu'ils l'auront empêchée de manger…

Elle se lève d'un bond, traverse la chambre, ouvre la porte.

Elle longe le corridor à toute vitesse, entre dans la cuisine presque en courant, la traverse en contournant la table et, sans rien dire, s'empare d'une assiette dans l'armoire. Les convives, interdits, ont arrêté de manger pour la regarder faire. Elle s'approche de la table, se penche au-dessus de la dinde dont elle arrache une aile d'un seul tour de poignet, puis l'autre. Elle remplit ensuite son assiette de patates pilées, de petits pois, de farce, de gelée de canneberges, elle arrose le tout d'une épaisse couche de sauce, se prend un morceau de pain – un pain de fesse, blanc et mou, son favori – qu'elle accompagne d'une généreuse portion de beurre.

Toujours sans dire un mot, la tête encore plus haute qu'à son entrée, elle quitte la pièce en faisant claquer ses talons sur le linoléum.

De retour dans sa chambre, elle reste interdite à côté de son lit.

Elle a oublié de se prendre un couteau et une fourchette.

Victoire a failli applaudir sa fille. Elle est presque toujours en désaccord avec ce que dit Albertine ou ce qu'elle fait, les cris qui montent chaque jour dans la maison en font foi, mais là, devant le courage qu'a démontré la jeune femme de qui on aurait plutôt attendu une colère, des invectives, des insultes, au lieu de ce geste de pure bravade, cette affirmation d'indépendance livrée avec un parfait sang-froid, elle est restée admirative et même un peu excitée. Une vraie tête de cochon. Sans compromis possible. Non seulement Victoire comprend sa fille, le geste remarquable qu'elle vient de faire, mais elle voudrait avoir le courage de la suivre pour aller la féliciter.

Madeleine et Alex se contentent de regarder dans leur assiette comme si rien ne s'était passé, Édouard est à peine sorti de sa léthargie pour suivre les mouvements brusques de sa sœur et a semblé trouver tout ça bien comique, et Télesphore n'en revient sans doute pas qu'Albertine ne lui ait pas demandé de la servir. Noël est le seul moment de l'année où il assume son rôle de père et il insiste chaque fois, même s'il n'en a pas le talent, pour découper lui-même la dinde et la servir à sa famille.

Victoire pousse sa chaise, se lève, cueille en passant un couteau et une fourchette dans le coffre qui contient l'argenterie qu'elle a reçue en cadeau de mariage et dont elle ne se sert pas parce qu'ils ne mangent jamais rien qui en soit digne, et se dirige vers la chambre d'Albertine.

Elles ne disent rien.

Albertine, catastrophée, est assise devant son assiette qu'elle a posée sur sa table de chevet.

Victoire s'approche d'elle, dépose les couverts à côté de l'assiette, passe une main dans les cheveux de sa fille et sort de la chambre en prenant soin de fermer la porte derrière elle.

* * *

Dans la tête d'Édouard, une duchesse minaude. Elle est entourée de têtes couronnées, tous des hommes, qui lui font la cour en la complimentant sur la somptuosité de sa tenue, sa coiffure d'un goût parfait, sa peau satinée, la nacre de ses dents et son rire ensorceleur. Sa rivière de diamants lance ses feux jusqu'à l'autre bout de la pièce, et l'énorme émeraude, à son doigt, virevolte de son épaule à son front au verre de vin rouge, le dernier, se promet-elle, sinon elle ne saura plus ce qu'elle dit ni ce qu'elle fait. Ils sont attablés dans un salon privé du Paradise, le restaurant le plus chic du faubourg Saint-Germain, où seule l'élite de Paris a ses entrées. Elle est arrivée au bras du général de Montriveau, mais n'est pas sûre qu'elle quittera le Paradise avec lui. Par coquetterie. Pour le faire souffrir. Le repas a été divin. Ils ont mangé un foie gras bien luisant, du caviar rouge, du caviar noir, un homard mayonnaise avec sa macédoine de légumes et un paris-brest. Ils ont bu du champagne millésimé et les vins les plus chers. Ils sont repus, un peu soûls, ils parlent fort et tous en même temps. La voix flûtée de la duchesse plane au-dessus des barytons et des basses aux noms prestigieux, *de* Ceci, *du* Cela… La crème de la crème, des crétins comme des lumières, tous à ses pieds. Le général est de toute évidence jaloux des attentions qu'on lui porte et elle en est ravie, son stratagème fonctionne. Qu'il souffre un peu, il n'en sera que plus tendre, après, plus tard, quand ils se retrouveront seuls ce soir… ou demain. Elle distribue des œillades assassines, rit trop fort à des plaisanteries qui n'en valent pas la peine, se penche sur des épaules qui sentent un peu la sueur et beaucoup le parfum. Antoinette de Navarreins, duchesse de Langeais, garce, manipulatrice, conquérante.

La carmélite déchaussée est encore loin, la duchesse a une vie à vivre avant de se retirer dans le fin fond des Baléares pour jouer à l'infini le même morceau de musique sur un orgue poussif en attendant son beau. Et cette longue tranche de vie avant la grande punition, le grand sacrifice, elle a l'intention d'en faire un hymne au plaisir, un poème à la frivolité. Les bals, les repas fins, les promenades en carrosse, les voyages, les hommes. Les hommes !

La porte du cabinet particulier s'ouvre, quelqu'un entre qui semble glisser au lieu de marcher. La duchesse se penche pour regarder ses pieds. Il porte des souliers munis de roulettes. Étrange. Et il est revêtu d'une camisole collante qui brille presque autant que sa rivière de diamants. Il monte sur une desserte, lève les bras pendant qu'une musique provenant d'on ne sait où monte dans la pièce…

* * *

Tout le monde s'est figé à table.

Une musique leur parvient de l'extérieur de la maison, sourde et lointaine, presque timide. Un air triste qu'ils reconnaissent tous.

Quelqu'un joue du violon dans la rue.

L'*Élégie* de Massenet. C'est du moins comme ça qu'il leur a dit que ça s'intitulait. Il y a si longtemps… Quand, souvent, ils la lui réclamaient et qu'il s'exécutait avec un évident plaisir, les yeux fermés, le sourire aux lèvres.

Victoire porte la main à son cœur, Télesphore blanchit d'un seul coup.

« Y est revenu, lui ! J'y avais dit que si je le revoyais, je le tuais ! On avait la paix, depuis cinq ans ! »

Il jette sa serviette de table dans son assiette, se lève, pousse sa chaise.

« Mais c'est peut-être ça qu'y veut ! »

Victoire étend aussitôt la main, enserre le poignet de son mari avec une telle force qu'il se plie en deux de douleur.

« Rassis-toi, Télesphore ! Pis finis ta dinde ! Si tu te lèves de c'te table-là, si tu fais un seul pas en direction de la porte, j'me lève après t'avoir cassé le poignet – chus forte, tu sais, j'fais un travail d'homme –, j'fais ma valise, pis tu me reverras jamais ! As-tu compris ? Pis t'essayeras de la faire, ta maudite job de concierge ! »

Édouard est debout devant sa chaise, une fourchetée de farce à la main.

«Mon oncle Josaphat!»

Télesphore hurle comme si on venait de lui planter un poignard dans le cœur.

«Prononce pas son nom ici-dedans! Combien de fois j'vous ai dit de pus jamais prononcer son nom devant moi?»

Victoire lance un petit rire amer.

«Pis essaye pas non plus de te revenger sur tes enfants! Ça aussi j'peux t'empêcher de le faire!»

Édouard grimpe déjà l'escalier qui mène au niveau de la rue.

«Édouard! Viens te rasseoir à ta place! Immédiatement!»

Édouard enfile ses bottes, son manteau, sa tuque de laine – celle qui lui donne un air de gros enfant et que Teena lui défend de porter pour se rendre au travail –, et pousse la porte.

Une neige molle et collante tombe dans la ruelle des Fortifications. Elle recouvre tout, en respectant les contours des voitures, des réverbères qu'elle coiffe d'un joli chapeau conique, des clôtures de métal dont elle arrondit les pointes acérées et des perrons des maisons qu'elle rend mystérieux.

Au milieu de la rue, un bonhomme de neige, les jambes écartées et la tête penchée, joue du violon.

«Mon oncle Josaphat! Ça fait tellement longtemps qu'on vous a pas vu! Où c'est que vous étiez?»

Le bonhomme de neige ne relève pas la tête pour lui répondre.

«Attends que j'aye fini de jouer pour me parler, tit-gars.»

Le morceau achève. Les derniers pleurs du violon tombent dans la neige, au milieu des millions de cristaux que les enfants du quartier appellent des diamants parce qu'ils n'en ont jamais vu.

« C'est fini. Tu peux me parler.

— Où c'est que vous étiez, pour l'amour ?

— Pas loin.

— Pourquoi vous veniez pas nous voir ? »

Josaphat lève le menton, retire son instrument qu'il cache aussitôt sous son manteau pour le protéger de la neige.

« Parce que j'avais permis à ton père de me tuer si jamais je revenais... »

Édouard recule de quelques pas.

« C'est-tu vrai ?

— Oui. C'est vrai.

— Pourquoi ?

— Ça serait trop compliqué à expliquer. En fait, c'est des choses qui s'expliquent pas.

— Ben ayez pas peur, y vous fera rien. Moman vient d'y défendre de sortir de table. Pis y osera pas y désobéir.

— Y est-tu paqueté ?

— Non, y a pas bu de la journée.

— Ça veut dire qu'y est encore plus dangereux...

— Non, vous avez pas besoin d'avoir peur. Y va l'écouter. »

Josaphat fait quelques pas en direction de son neveu.

« T'as ben changé, mon p'tit gars. La dernière fois que je t'ai vu, t'étais encore un enfant.

— Vous, vous avez pas changé.

— Chus trop vieux pour vieillir. J'ai ben peur que j'vas avoir l'air de ça jusqu'à ma mort... En tout cas, tu diras à ta mère que c'était mon cadeau de Noël avant de partir. Peut-être pour de bon, c'te fois-là.

« — Pourquoi vous partez? Restez! R'tournez jouer du violon chez L. N. Messier, tout le monde s'ennuie de vous!

— Comment tu peux savoir ça, toi…

— J'travaille juste à côté, à c't'heure. La porte juste à côté. J'ai une job! J'gagne ma vie! J'vends des souliers!

— Tu travailles avec mademoiselle Desrosiers?

— Oui.

— Tu sais que c'est elle qui a acheté notre maison, à ta mère pis à moi, à Duhamel, y a vingt ans?

— Hein? Non!

— J'sais pas pourquoi j'te dis ça… C'est des histoires de grandes personnes.

— Chus assez vieux pour comprendre ben des affaires, vous savez.

— Mais y a des affaires, mon p'tit gars, que même ceux à qui ça arrive comprennent pas…

— Oui, j'sais. J'ai mes secrets, moi aussi.

— Que tu comprends pas?

— Que je comprendrai peut-être jamais…

— En tout cas, que ça t'empêche pas de vivre, mon p'tit gars.

— Non, y a rien qui va m'empêcher de vivre, croyez-moi.

— C'est bon. J'vas jouer un dernier morceau avant de partir. Le favori de ta mère. »

Il retire son violon de sous son manteau, le pose sur son épaule.

« Quand t'auras l'occasion, Édouard, tu diras à ta mère que je l'aime ben gros. »

Il lève son archet.

« Restez, mon oncle Josaphat. Allez-vous-en pas encore… Allez-vous-en pas, mon oncle Josaphat! Restez avec nous autres!

— On verra. On verra.»

La *Méditation* de *Thaïs* se mêle aux flocons de neige, virevolte avec eux, se dépose sur les diamants.

Derrière la porte de l'appartement, le front appuyé contre le chambranle de bois, une femme pleure.

Key West, 6 décembre 2012 – 16 mars 2013

Merci à Louise Jobin pour
ses précieuses recherches sur Montréal en 1930.

Merci à Pierre Filion et à Serge Bergeron
qui connaissent mieux la chronologie
de mes personnages que je ne la connais moi-même.

OUVRAGE RÉALISÉ PAR
LUC JACQUES, TYPOGRAPHE
ACHEVÉ D'IMPRIMER
EN NOVEMBRE 2013
SUR LES PRESSES
DE MARQUIS IMPRIMEUR
POUR LE COMPTE DE
LEMÉAC ÉDITEUR, MONTRÉAL

DÉPÔT LÉGAL
1re ÉDITION : 4e TRIMESTRE 2013
(ÉD. 01 / IMP. 01)

Imprimé au Canada